KB170720

엄마가
술 마시는 게
어때서

엄마가 술 마시는 게 어때서

유이경 지음

술에 섞어
마시는
에세이

txt. kcal

내가 어쩌다 지금 프롤로그를 쓰고 있나. 시작이 뭐였을까 기억 속을 뒤적거리다 그날 밤을 건져 올렸다. 깜깜한 방, 잠든 아이 옆에서 핸드폰을 만지작거리다가 불현듯 머릿속을 강타한 단어가 있었다. 글쓰기 모임. 바로 검색에 들어갔고, 한 모임을 찾아내 가입했다. 그게 이 책을 쓰게 된 첫 순간이었다.

내가 추구하던 삶의 모토는 '자유로움'이었다. 좋게 표현해서 자유로움이지, 어릴 때부터 나는 반쯤 미친 자를 동경했다. 드라마를 보다가 멀끔한 남자 주인공이 아닌 소주병을 바바리코트에 꽂고 다니는 주인공의 선배에 꽂혔고, 광기에 찬 사람들의 파괴적이고 강렬한 이야기에 언제나 열광했다. 남들처럼 평범하게 학교에, 직장에 내내 묶여 살면서도 가능한 범위 안에서는 그들처럼 마음만은 자유로운 사람으로 살려고 했다. 하지만 그런 마음 따위, 아이를 갖는 순간부터는 잠시 뒤로 미뤄 둬야 했다.

나는 정말 잠시일 줄 알았다. 하지만 하나의 생명을 책임지고 키우는 건 내 생각보다 훨씬 거대하고 기나긴 일이었다. 미친 자가 꿈이었던 사람이 나 아닌 다른 생명을, 그냥 돌보는 것도 아니고 이 사회의 멀쩡한 일원으로 만드는 책임을 져야 한다니.

그래도 주어진 일에 대한 책임감은 있는 편이라 적성에 맞지 않아도 꾸역꾸역 몇 년을 해 왔고, 그러면서 나도 모르는 사이 나는 그전보다 차분하고 순응적인 사람이 되어 있었다. 하지만 내가 변했다고 해서 그동안 쌓아 온 응집된 마음들이 저절로 사라지는 않을 터. 안에서 무언가 터지고 있는 줄도 모르고 살던 어느 날 밤, 평소처럼 하루를 보내고 아이를 재운 그런 평범한 밤, 갑자기 '글을 써야겠다'고 생각했다. 그제야 내가 힘들구나 했다. 뭐라도 끄적이는 게 내게 구원이었던 시절처럼 그때도 나는 자연스레 내가 살기 위한 방도를 떠올린 거였다.

몇 개월 동안 글을 쓰면서 내가 많이 진정되는 게 느껴졌다. 많은 게 이해가 되었고, 용납이 되었고, 조금은 가벼워졌다. 나는 가벼워진 내가 마음에 들었다. 새롭게 가벼워진 나는 현재의 나를 쓰고 싶어졌다. 현재 나는 무얼 하는 사람인가, 무얼 좋아하는 사람인가, 무얼 생각하는 사람인가.

현재 나는 아이를 키우는 전업주부다. 나는 술을 좋

아한다. 나는 아이를 어떻게 키울 것인가를 생각하는 만큼 내가 어떻게 살아갈 것인가를 생각한다. 나는 아이를 키우고 살림을 하면서 술을 즐기고, 그 사이에서 균형을 맞추려고 노력하며 책을 읽고 글을 쓰는 사람이다. 아이에게는 이런저런 충고들을 하는 전형적인 부모이면서 가끔은 마음속 미친 자가 꿈틀거리기도 하는 사람이다. 나는 현재의 나를 쓰고 싶어졌다.

책을 쓰고 있다는 이야기를 아직 엄마에게 말하지 않았다. 살림하는 애가 뭐가 그리 바쁘냐고 한 번씩 엄마가 뭐라고 할 때도 그냥 엄마도 아는, 다른 글 쓰는 일 때문이라고만 했다. 오빠가 시인이었고, 자신은 문학소녀였던 엄마는 책을 좋아한다. 그래서 엄마 친구분이 몇 년 전 책을 냈을 때는 자기 일처럼 기뻐하며 책을 여러 권 사서 주변에 돌렸었다. 내 친구는 어머니가 엄청 좋아하실 거라고, 당장 말씀드리라고 하지만 글쎄, 나는 모르겠다. 남편이 술꾼인 것도 지긋지긋한데 딸까지 술 좋아한다고 한탄을 하던 엄마가 이젠 딸이 하다 하다못해 아이 키우면서 술 마시는 이야기로 책까지 썼다고 하면 과연 어떤 반응을 보일까. 엄마가 내 책도 주변에 돌리실까. 말씀드린다면 등짝 스매싱 한 대쯤은 각오해야 할 것 같다.

엄마의 등짝 스매싱을 각오해야 할 만큼, 엄마를 비롯한 사람들은 아직 술을 아이 엄마와 잘 연관 짓지도 않고, 그 두 단어가 붙어 있는 걸 좋아하지 않는다. 집에서 기다리는 사람은 아이 엄마고, 나가서 술을 마시는 사람은 아이 아빠, 이런 모습이 아직 익숙하기 때문일 거다. 익숙하지 않은 모습일지라도 나처럼 아이를 낳았어도 술과 헤어지지 않은 아이 엄마들은 생각보다 많다. 다양한 이유로 다양한 모습으로 술을 마시는 많은 아이 엄마들 중 하나인 나는 육아와 음주 생활 사이에서 이런저런 시행착오를 겪었다. 그렇게 아이 엄마라는 위치와 애주가라는 본체 사이에서 이리저리 흔들리면서 살아가는 이야기, 그게 이 책의 내용이다.

　술 마시기 더할 나위 없이 좋은 계절에(어느 계절이라고 안 그러겠냐마는) 가볍게, 즐겁게 봐 주었으면 하는 바람으로 썼다. 그 바람이 전해지기를.

01

아이에게
정체를 들켰습니다

"하지만 모든 건 '한 번은 괜찮겠지'로
무너지기 마련이다."

"엄마는 술 안 좋아하지?"

"어? 으, 으응. 그렇지."

좋아하는 걸 좋아한다고 왜 말을 못 해. 생각지 못했던 아이의 질문에 급습당해 소극적으로 답변했다, 아니, 거짓말을 했다. 질문하는 아이의 표정은 이미 확신에 차 있었다. 유치원에서 담배와 술이 안 좋은 거라고 배웠는데 그 안 좋은 걸 설마 엄마가 할 리가 없다고 철석같이 믿고 있는 투였다. 그 표정에 아니라고 말할 자신이 없어 아이에게 처음으로 거짓말을 하고 말았다. 처음으로 한 거짓말이 술에 관한 거라니, 거참.

아이가 아직 어릴 때는 나도 남편도 아이 앞에서 술 마시기를 조심했다. 술을 마시고 싶은 날이면 저녁을 굶고 아이가 잠들기만을 기다렸다. 아이를 재우고 나와 방문을 닫고 나서야 남편과 나는 쾌재를 부르며 술 파티를 시작했다. 늦게 마시기 시작하면 끝 또한 늦어지니 다음 날이 힘들었지만, 부모가 술 마시는 모습을 아이에게 보여 주고 싶지 않았다. 아니, 술에 흐트러지는 모습을 보여 주고 싶지 않았다는 게 더 정확할 것이다. 그리고 술 마신다고 아이를 잘 보살피지 못하는 것도, 반대로 보살피느라 술에 집중하지 못하는 것도 싫었다. 그러한 노력 덕분에 아이는 나도 남편도 술을 많이 마시고 좋아하는 사람이라는 걸 전혀 알아채지 못했다. 한동안, 그래, 한동안은 말이다.

하지만 모든 건 '한 번은 괜찮겠지'로 무너지기 마련이다.

일곱 살에서 여덟 살이 되어가는 시기, 아이는 치킨에 눈을 떴다. 치킨파인 남편으로서는 심히 반가운 일이었겠으나 내게는 그렇지 않았다. 닭으로 만든 수많은 음식 중에 내가 유일하게 좋아하지 않는 음식이 치킨이었다. 그런다 한들 어쩌랴. 아이 식성 앞에 엄마의 취향 따위야. 치킨을 사랑하는 남편이 그렇게 치맥을 울부짖을 때마다 정색하고 거부하던 숱한 날들을 이렇게 대갚음 받는 거겠지……. 아이는 거의 매주 치킨을 요구했고, 아이와의 협상에서 진 나는 치킨을 시키는 횟수를 한 달에 한 번에서 이 주에 한 번으로 늘릴 수밖에 없었다.

치킨 한 조각 이상은 거의 먹지 않는 내겐 가혹한 처사였다. 나에게도 무언가 보상이 있어야 했다. 나는 혹시 나를 위한 메뉴는 없을까 배달 앱의 치킨집 페이지를 뒤적거렸다. 그리고 페이지 맨 하단에서 찾아내고야 말았다.

생맥주 1,000cc!

반가운 이름에 나도 모르게 손가락을 댔다가 생맥주가 덜컥 장바구니에 담겼다. 무슨 짓이야, 정신 차려! 애 먹을 치킨 시키는데 생맥주라니! 아이 앞에서 술 안 마시기로 했잖아! 그러나 내 이성과는 딴판으로 손가락은 엉뚱한 데를 헤맸다. 왜 치킨집은 생맥주까지 배달을 해 줘서 나를 이렇게 시험에 들게 하는 걸까. 이러면 안 되는데, 안, 되는데, 되는데~.

예전이라면 배달 생맥주 따위 쳐다도 안 볼 아이템인데, 나는 왜 이리 쉽게 현혹되고 만 것인가. 그건 만원에 네 개, 종류별로 마셔도 그놈이 그놈이라 질려버린 캔맥도 아니요, 맛은 캔맥보다 낫지만 버리러 갈 때마다 후회하게 되는 병맥도 아니요, 술집에 가지 않으면 영접할 수 없는 생맥이라는 이름값 때문이었다. 생맥주. 살아 숨 쉬듯 신선한 맥주라니, 이름부터 영롱하다. 술집에서 생맥주를 마시는 별것 아닌 일이 아이 엄마들에게는 임파서블 미션이 되기도 한다. 아이 엄마라는 롤 덕에 생맥주는 내게 레어템이 되었고, 앞에 '배달'이라는 말이 붙어 있는데도 정신이 혼미해져버린 것이다. 사실 배달은 맛도 다운, 분위기도 다운시키지만 그런 것 따위야 싶은 심정의 혼미함이었다.

"캬아!"

유혹에 넘어간 결과물은 만족스러웠다. 묵직한 유리잔에 크림 거품은 아니지만 하얀 거품이 숱한 맥주 따르기 실습을 통해 완성된 8 대 2로 생겨났다. 환상적인 라인에 홀려 나도 모르게 한 모금 마셔 보니, 걱정과 달리 배달 생맥주여도 상당히 훌륭했다. 풍부한 탄산이 입안에서 터지며 오랜만의 방문에 폭죽을 터

뜨렸다. 이 집 생맥주 잘하네. 좋은 유혹이었다. 아이는 치킨에 열을 올리느라 내가 무엇을 마시는지 물어보지도 않았다. 여유롭게 맥주를 쭉 들이켰다. 아, 1,000cc 하나 더 시킬걸. 줄어드는 술이 아쉽기만 했다. 강한 치킨 냄새에 맥주 냄새는 잘 나는 것 같지도 않았다.

성공적이었던 첫 일탈의 경험 때문일까. 그때부터 나는 치킨을 시킬 때마다 늘 시험에 들었다. 배달 앱 치킨집 페이지 하단으로 자꾸 손가락이 내려갔다. 모든 면에서는 의지박약이지만 술 마시는 것에서만큼은 의지만땅이던 나는 매번 유혹에 넘어가고 말았다.

그러던 어느 날, 한날은 아이가 치킨에 몰입하다 말고 맥주를 벌컥벌컥 들이켜는 나를 물끄러미 쳐다보았다.

"엄마, 뭐 마셔?"

아차, 너무 신명나게 마셔댔나. 침착해. 동공 흔들지 마.

"응? 이거 어른들이 마시는 음료수야."

"커피 같은 거야?"

"응, 그렇지. 야, 치킨은 닭 다리지. 이거 잡고 파파 뜯어."

다행히 닭 다리 하나로 아이는 엄마의 음료수에 관심을 잃었다. 엄마가 무엇을 마시거나 말거나 치킨은 닭 다리지. 아직 꼬맹이는 꼬맹이로군. 안 걸렸다고 속으로 예스예스를 외치며 텐션이 올라갔다가 내 자식에게 뻥 쳐놓고 좋아하네, 현타가 와서 급 시무룩해졌다.

그 이후로도 생맥주 주문은 몇 번 더 이어졌다. 이렇게 허무하게 무너질 거, 그동안 노력은 왜 한 거냐고 할 수 있겠지만, 굳이 비겁한 변명을 하자면 몇 번의 일탈들에서 아이 앞에서 술을 마시는 시간이 내 걱정과는 다르다는 걸 느꼈기 때문이다. 나는 흐트러지지 않았고, 아이를 방치하지 않았다. 오히려 그동안 안달복달하며 애쓰던 것들을 내려놓으니 편해졌다. 저녁에 조금이라도 늦장을 부리면 예민해지던 엄마가 느긋해지니 아이도 좋아했다.

그렇게 긴장을 내려놓고 술을 마시는 한동안은 문제가 없었지만, 아이가 초딩이 막 되었을 즈음 한 가지 문제가 생겼다. 아이가 또다시 갈색 페트병에 호기심이 동한 것이다!

"엄마, 나도 그 음료수 마실래"

헛, 호기롭게 초딩이 음주를 선언했다. 나는 아니, 이게 커피 같은 거라서 어린이가 마시면 안 되는 거라고, 구차하게 이야기를 만들어 내고 있는데 아이가 딱 잘라 말했다.

"그거 술이지?"

아니, 어떻게 알았지. 학교 그거 몇 번 갔다고 아이가 업그레이드되었나. 뭐 그래도 아직 내 정체까지 알아채진 못했겠지. 그러나 그건 내 편의대로 내린 오해였다. 어느 날, 아이가 집에 놀러 온 친구에게 이야기했다.

"우리 엄마, 술 좋아하잖아."

아니, 어떻게 알았지! 그동안의 노력이 몇 번의 치

맥으로, 아니 실은 치맥은 아니고 치킨집 생맥주로 헛수고가 되어 버리다니. 이렇게 내 정체가 발각되다니! 이야기를 들은 아이 친구도 말했다.

"우리 엄마도 술 좋아하잖아."

옆에서 함께 이야기 듣던 아이 친구 엄마 표정도 나와 똑같아졌다. 말풍선이 붙어 있는 것 같았다. 젠장, 젠장, 젠장.

에라이, 이렇게 된 거, 술밍아웃하자. 언제까지 아이에게 숨길 수 있는 일도 아니었다. 이제는 '기왕'이 문제다. '기왕' 이렇게 된 거 지금부터 마셔! '기왕' 이렇게 된 거 술 더 꺼내! '기왕' 이렇게 된 거 술 더 사와! 이제 아이는 나의 정체도, 남편의 정체도 제대로 알고 있다.

"응, 우리 엄마 아빠, 술 엄청 좋아하잖아."

쳇. 그래도 이젠 숨길 정체가 없다는 게 후련하다. 그리고 내가 술 좋아한다는 건 안 부끄러워!

02

불금,
그것은 산수와 부질없음과
성찰의 밤

"불타는 금요일 밤,
그저 아이를 재우고 술 한잔하려고 했을 뿐인데
나는 왜 마음에 이리 큰 격랑을 이고 지고 있을까."

– 이 글은 몇 년 전, 아이가 아직 어릴 때의 이야기입니다. –

나는 무엇보다 음식(이라 쓰고 안주라 읽는다.)에 진심이다. 최상은 아닐지라도 최선의 음식을 먹고 싶다. 그래서 금요일만 되면 낮부터 마음이 분주해진다. 불금에만 술을 마시는 건 아니지만, 주말이 시작되는 금요일은 그래도 특별하다. 뒤에 쫓아올 토요일과 일요일 덕분에 본격적으로 마실 수 있다는 마음이 들기 때문이다. 그래서 안주도 다른 날보다 조금 더 본격적인 안주를 골라 먹곤 한다.

어제도, 오늘도, 내일도 오늘의 술 동지로 당첨되는 남편이 금요일 퇴근을 하면, 나는 그 뒤를 쫄쫄 쫓아다닌다. 이 술에는 이 음식 먹을까? 아님 이 음식? 그럼 어디에서 시킬까? 지난번에 거긴 어땠더라? 거기 맵기를 뭘로 시켜야 우리한테 맞지? 쫄쫄쫄 쫓쫓쫓. 먹고 싶은 게 너무 많은 나는 음식 앞에선 항상 우유부단해진다. 그러나 남편은 술의 동지일 뿐, 마음의 동지까지는 아니다. 나만큼 음식에 진심이 아니다, 이 남잔. 질문에 답변은 해 주지만 속마음은 내게 들키기 일쑤다. 아 몰라, 네 마음대로 해. 남편의 목소리가 들리는 것만 같다.

그렇게 장장 삼십 분간의 고민 끝에, 나는 비협조적인 남편의 태도를 뚫고 겨우겨우 안주를 정한다. 하나 안주를 결정했다고 해서 나의 고뇌가 끝나는 건 아니다. 이제부터 산수를 해야 한다. 어릴 때부터 산수에 약한 나는 손가락을 접었다 폈다 하면서 계산을 시작한다. 아이 목욕시키는 시간, 안 잔다고 삐대는 아이 설득하는 시간, 책 읽어 주는 시간, 뽀뽀해 주는 시간, 잠드는 데 걸리는 시간을 더하고 배달 앱에 나와 있는 배달 소요 예상을 빼고, 바쁜 금요일의 식당들이 하기 마련인 안전빵을 위한 뻥카 시간을 더한다. 잠깐, 어디까지 계산했지? 머리가 지끈지끈하다.

고려할 것들을 생각하다 보면 점점 마음이 촉박해지고 각박해진다. 내가 이렇게 빡빡하게 시간을 재가며 밤 시간을 계획하는 건 내게 주어진 음주 시간이 짧기 때문이다. 아이가 잠든 이후의 서너 시간 정도. 이건 주말에도 예외 없이 꼭두새벽부터 일어나는, 내가 세상에서 가장 사랑하는 아이 덕분이다. 부어라 마셔라 늦게까지 달렸다가는 눈이 시뻘게진 토요일의 좀비 엄마가 깨어날 테고, 좀비는 육아를 할 수가 없다. 술이란 자고로 여섯 시간은 달려 줘야 하는 나에게 서너 시간이란 어디 갖다 붙이기도 힘든 시간이니 십 분, 아니, 일분일초가 격하게 소중하게 느껴질 수밖에 없다.

그래서 음식에도 계획에도 진심인 나의 오늘밤 계획은 이렇다. 아이는 평소대로 아홉 시 반에 재운다. 그리고 재우고 나와서 한숨 돌리는 오 분 동안 음식 도착. 완벽하지 않은가. 하지만 아무리 계산을 한다 해도 이건 나의 계획일 뿐, 아이가 내 뜻대로 움직여 줄 리 없다.

띠디디디! 띠디디디!

하필 목욕하고 나온 아이 머리를 말려 주고 있는데

알람이 울린다. 알람의 제목은 '지금 주문!'이다. 아이에게 엄마가 아~주 중요한 할 일이 있다고 잠시 기다려 달라고 한다. 내가 핸드폰에 집중하는 사이 아이는 화장대 의자에 앉아 두 발을 흔들흔들거리며 나를 바라본다. 마지막으로 '리뷰 서비스 주세용.'을 쓰고 있는데 아이가 입을 열어 쫑알쫑알 이것저것 묻기 시작한다. 어, 어, 그렇지, 응, 네 마음대로 해. 건성으로 대답하다가 기시감이 든다. 분명 내가 아까 이런 말들을 들은 것 같은데.

시간은 벌써 아홉 시. 마음이 본격적으로 초조해진다. 이제부터 공은 아이에게 넘어간다. 너는 삼십 분 안에 잠이 온다, 잠이 온다, 최면은 걸 수 없으니 대신 아부를 떨어 본다. 어서 자야지, 어머 시간이 벌써 이렇게 되었네? 우리 사랑하는 딸, 어서 자자. 내 귀염둥이 이리 와 누워. 더 놀고 싶다는 아이를 붙잡고 자리에 누인다. 자장가를 불러 주고 가슴을 토닥토닥 도닥인다.

엄마가 옆에서 잠드는 것만큼 아이를 빨리 재우기

좋은 방법은 없다. 그렇다고 함께 잠들어 버리면 소중한 내 시간도 꿈나라로 날아가 버리니 방심은 금물이다. *정신 차렷, 너에겐 너의 밤이 기다리고 있어!*

아이는 숱한 금요일 밤으로 만들어낸 내 말랑한 팔뚝 살을 만지작거리며 잠드는 걸 좋아한다. 졸려도 자지 못하고 간지러워도 티 내지 못하는 이중고를 견뎌내면서 시간을 버텨낸다. 얼마나 지났을까. 아이는 잠든 것 같다. 조금만 더 누워 있다가 나가야지. 핸드폰을 켜서 SNS를 한 바퀴 돌아보고 웹툰 앱을 켜 볼까 하고 있는데 이런, 귓등을 톡톡 치는 목소리가 들린다.

"엄마, 뭐해?"

"어어엉?!"

머릿속의 전구가 한꺼번에 느닷없이 켜진 기분이다. 방안까지 스며 나올 기세다. 목소리를 낮추며 왜 안 자냐고 물었더니 아이는 잠이 안 온다며 다시 내 팔뚝 살에 달라붙었다. 속았네, 속았어. 이리 와, 코 자자. 한참을 달래 봐도 아이는 잠들 생각을 않는다. 결국 「겨울왕국2」에서 알게 된 방법을 시전하기로 한다. 공주님이 찻잔을 들 때처럼 새끼손가락만 살포시 편 상태로 이마에서 콧잔등으로 살살 쓸어 주는 건 만화 속 왕비님이 공주님에게 해 준 방법이다. 아이는 내가 이렇게 해 주면 잠이 잘 온다고 했다. 그러니 팔이 아프더라도 참고 해 보자.

얼마나 남았는지 배달 앱을 켜 보니 십 분 정도 남았다. 큰일이다, 큰일이야. 이러다가 잠들락 말락 할 때 띵동~, 경쾌한 소리가 유쾌하지 않게 울릴지도 모르겠다. 우리 집 공주님 콧잔등을 열심히 쓸어내리는데 팔뚝 살을 만지던 공주님 손의 힘이 풀어지는 게 느껴진다. 예! 예! 예! 입을 다물고 누워 있지만 나는 분명 소리를 지르며 춤을 추고 있다. 침착하게 조금만 더 기다렸다가 나가야지 싶어 웹툰 앱을 켰다. 애정하는 웹툰을 한참 재미지게 보고 있는데 내 팔뚝에 얹혀 있던 아이 손에 힘이 들어간다. 아, 안 돼……

"엄마, 잠이 안 와."

"뭐? 왜 잠이 안 와! 너 지금 누운 지 삼십 분도 넘었어!"

나의 불타는 밤에 초를 치는 아이 목소리에 마음이 참 야박해졌다. 잠이 쉬이 들지 않아 힘든 건 아이일 텐데, 그래서 지금 목소리도 저리 시무룩한 걸 텐데 나는 그것도 모르고, 아니, 모른 척하고 촉박해진 내 마음이 더 중요해 소리를 버럭 질렀다. 반성의 시간이 오기도 전에 벨이 울린다. 아이와 누워 있는 안방 벽 반대쪽 인터폰이 크게도 울부짖는다. *음식이 왔다, 음식이 왔다, 어서 문을 열어라!* 남편은 똥이라도 싸는지 반응이 없다. 입으로 내뱉을 수 없는 온갖 중얼거림을 속으로 삭히면서 벌떡 일어나 문을 열었다.

배달 온 음식을 비닐째 식탁 위에 올려 두고 돌아오니, 아이는 아예 눈을 말똥말똥 뜬 채 방에 들어온 둘째 고양이 콩이를 쓰다듬고 있다. 부글부글 속이 들끓는다. 콩이를 내보내고 아이에게 눈 감고 자라고 달래는데 이번에는 부엌 쪽에서 부스럭거리는 소리가 들려온다. 남편이 화장실에서 나와 음식 포장을 풀고 있나 보다. 부스럭부스럭, 바스락, 바스락, 빠스락빠스락! 비닐봉지를 푸는 소리가 들릴 때마다 신경이 곤

두선다. 살짝 돌아누워 남편에게 급전을 보냈다.

　제발! 이따가! 풀어!

　문자를 봤는지 바스락거림이 멈췄다. 외부 요인은 이제 모두 제거되었다. 사방은 조용하고 내가 정성 들여 시킨(만든이 아닌 시킨) 음식은 차갑게 식어 가리라. 그런들 어떠하랴. 상황이 이렇게 되면 오히려 마음이 진정된다. 식으면 귀찮게 데워 먹으면 되지~. 면이 불어서 끊어지면 숟가락으로 퍼먹으면 되지~. 맛대가리 없으면 술로 미각을 마비시키면 되지~. 모든 걸 내려놓기는 했는데 화가 사라지기엔 아직 이른 모양이다.

　불타는 금요일 밤, 그저 아이를 재우고 술 한잔하려고 했을 뿐인데 나는 왜 마음에 이리 큰 격랑을 이고 지고 있을까. 안달복달한 마음의 정체를 밝혀 보려고 잠깐 생각했을 뿐인데도 쉽게 결론이 났다. 아이 때문이 아니다, 남편 때문이 아니다, 나의 마음 때문이다. 나 때문이다. 숨을 크게 내쉬면서 성찰과 반성을 하고 보니 아이는 입을 살짝 벌리고 완전히 잠들어 있다.

그새 이마에 송송 솟은 땀을 닦아 주고 볼에 뽀뽀를 쪽 하며 말한다. 사랑해. 아주 세상 제멋대로 구는 엄마다.

"고생했다. 얼른 와."

살금살금 문을 열고 나오니 남편이 식탁 위에 배달 온 음식과 앞 접시, 수저, 얼음이 채워진 술잔, 술병, 물 잔까지 모든 걸 세팅해 놓았다. 아름답다. 오늘 하루 내내 기다리던 아름다운 모습이다. 갑자기 남편에 대한 사랑이 샘솟았다. 이럴 때만? 응, 이럴 때만.

03

나도 한때는
술집 러버였는데

"이제는 일탈이 된 그런 밤들은
떠올리기만 해도 들뜨게 그립다."

토닥토닥, 토닥토닥.

아이를 재우는 손길에 자꾸 무엇이 담겼다. 자라, 자라, 제발 자라. 이대로 잠들어서 제발 깨지 마라. 기도 모아 보고, 절실함도 모아 보고, 협박도 살짝 모아 보았다. 모두 쓸데없는 일일 테지만 자꾸 손에 무엇을 넣어 보았다. 내 마음이 통한 걸까. 아이는 큰 반항 없이 스르륵 잠이 들었다. 잠든 아이가 사랑스러워 잠시 바라보다가 살며시 방에서 나와 남편에게 속닥거린 뒤, 바로 집을 나섰다.

왜 내가 고층에 살았던가! 엘리베이터를 기다리는 그 몇 분이 그렇게도 갑갑했다. 친구는 벌써 술집에 도착했다고 연락이 왔다. 천천히 오라고 친절히 덧붙인 말에도 나는 조급해졌다. 이 저녁에 누가 이렇게 엘리베이터를 타고 왔다 갔다 하는가. 엘리베이터가 올라오다가 한 번씩 멈출 때마다 괜히 남 탓을 하면서 발을 동동 굴렀다.

엘리베이터에서 내리자마자 약속 장소로 뛰었다. 오랜만의 밤공기가 반가워 차가운 줄도 모르고 숨을 크게 들이마셨다.

"미안해. 많이 기다렸지?"

"아냐. 그렇게 많이 안 기다렸어."

앉기 전부터 수다가 쏟아져 나왔다. 집을 빠져나오는데 어떤 과정을 거쳤는지도 이야기해야 하고, 메뉴도 봐야 하고, 늦은 인사도 해야 하고……. 마냥 급하고, 마냥 신났다.

온 지 얼마 안 된 것 같은데 시간을 확인해 보니 벌써 두 시간이 되어 간다. 술자리에 왔다는 흥분이 가라앉고 슬슬 술기운이 오르기 시작했다. 술 마신 지두 시간쯤, 딱 술도 잘 받고 깊은 이야기도 술술 나올 좋은 시간이다. 하지만 나는 그 시간이면 초조해진다. 술자리에 집중 못하고 계속 핸드폰을 건드려 시간을 확인했다. 기다리던, 아니, 기다리지 않던 연락이 역시나 11시 30분에 왔다.

도움!

익히 아는 그 도움, 남편의 힘으로 어찌할 수 없는 일을 해결하려 일어나야 했다. 친구도 익히 아는, 처음이 아닌 일이다. 자기는 혼자서도 잘 마시니 걱정하지 말라며 어서 다녀오라고 흔쾌히 보내 주었다. 나는 다시 집까지 오 분 거리를 달렸다.

아이는 매번 잠든 지 두 시간 후에 깼다. 저녁에 잠들어서 아침까지 쭉 자는 통잠을 다른 아이들보다 꽤 오래 못 이루었다. 자다가 깨서 엄마가 아닌 아빠가 옆에 있으면 잠결에 팔다리를 마구 휘저으며 아빠를 거부했다. 태어나서 자기를 재워 주던 손길이 내 손길뿐이어서겠지. 그래도 다른 아이들은 할머니와 함께라면 잘 자던데, 우리 아이는 그것도 안 되었다. 딱 한 번 급한 일 때문에 엄마에게 맡겼을 때도 결국 새벽에 연락이 왔다. 두세 시간을 빽빽 울어 대는데 두 손 두 발 다 들었다고. 아무튼 엄마만 아는, 엄마 껌딱지를 재우러 나는 단숨에 집으로 달려갔다.

말똥말똥 잠에서 깬 채로 나를 바라보는 아이를 보

고 있자니 한숨이 나왔다. 아이 재우는 일은 언제나 내 마음같이 되지를 않는다. 아이를 다시 재우는 삼십 분 동안 친구는 아까 시킨 안주가 나왔다고 인증샷을 보내며 무료한 시간을 보내고 있었다. 그 삼십 분 동안 나는 가시방석이었다. 내 아이와 동갑인 친구 아이는 중간에 깨지도 않고, 깬다고 해도 아빠와 잘 잔다는데 내 아이는 왜 이리 애를 먹이는 걸까. 어서 술집에 가고 싶은 생각에 아이를 탓했다.

이후에도 몇 번인가 더 가시방석 같은 시간을 보내면서, 나는 점점 이렇게까지 술집에 가서 술을 마셔야 하나 싶어졌다. 그날은 다행히 아이를 재우고 다시 나갔지만 그렇지 못한 날들도 있었기 때문이다. 나갔다가 들어왔다가, 초조했다가 안심했다가, 이런 일을 몇 번 겪고 나니 지쳐 버렸다. 밤 외출이 주는 행복감보다 신경전을 벌이고, 친구에게 미안해하는 불편함이 마음속에서 더 커졌다. 그래서 어느 순간부터 밤 외출을 포기했다. 포기하고 나니 마음은 편했다. 남편 아닌 다른 사람과 술을, 특히나 술집에서 마셔본 게 언제인지 기억도 나지 않는 일이 되어 버렸지만 그래도 마음이 편하니 잊고 살 만했다.

몇 년이 지나고, 아이가 드디어 통잠을 자기 시작했다. 저녁에 잠들어 아침까지 깨지 않고 자는 아이를 보니 절로 없던 욕망이 되살아났다. 콧바람 쐬고 싶은 마음을 깔끔히 접었다고 생각했는데, 아니었다. 딸린 식구 없이 저녁에 혼자 바깥에 나가 술집에서 친구를 만나고 싶었다. 넌지시 남편과 아이에게 나의 저녁 외출에 대해 운을 떼 보았다. 하지만 시기상조였다. 아이도 남편도 나 없는 저녁 시간을 버틸 자신이 없다 했다.

그래, 됐다. 간신히 피어난 욕망은 아이와 남편의 반응에 짜게 식어 버렸다.

그렇게 오기는 할까 싶은 막연한 날이었는데, 그래도 결국 그날이 오기는 오더라. 어느 날 연락해 온 친구가 다른 친구들과 너희 동네 근처에서 술 마시기로 했다면서 슬쩍 물어보았다. 내가 한동안 두문불출했던지라 안 될 거라고 예상은 하면서도 그래도 한번 말이나 해 본다면서 말이다. 그 말에 움찔움찔, 갇혀 있던 욕망이 솟아오르기 시작했다. 상상만 해도 마음이 들떠서 괜히 친구에게 나갈 수 있다고, 나가겠다고 호언장담을 했다.

전화를 끊고 나서야 걱정이 시작되었다. 우선 남편에게 운을 떼어 보니 아이가 괜찮다고 하면 자기도 괜찮다고 했다. 휴, 1차 통과. 아이가 기분이 좋아 보일 때 슬쩍 옆에 앉아 말을 꺼내 보았다. 엄마 친구들이 오랜만에 만나는데 다른 데도 아니고 집에서 그리 멀지 않은, 네가 발레 다니던 곳 바로 근처에서 모인다고, 그런데 내가 안 나가면 친구들이 서운해하지 않겠냐고 구구절절하게 이야기했다.

내 이야기를 조용하게 듣던 아이는 그 친구들이 어떤 친구들인지, 얼마 만에 만나는 건지 조사를 시작했다. 뭔가 엄마와 딸이 바뀐 것 같은 대화였지만 나는 아이 말에 열과 성을 다해 대답했다.

"엄마 가고 싶으면 다녀 와."

와. 이게 꿈이야 생시야. 아이의 허락이 떨어졌다. 듣고도 믿기지 않아 정말? 정말? 하고 다시 물었다. 갑자기 쿨해진 아이는 그러라고, 놀다 오라고 했다. 신나서 아이를 끌어안고 흔들어 대면서 우리 딸 다 컸다고, 고맙다고 했다. 아이는 신난 엄마를 보면서 깔깔깔 웃어댔다. 한바탕 웃고 나서 친구에게 바로 전화를 걸었다. 나 진짜 나간다!

집 앞 오 분 거리의 술집이 아니라 차로 십 분 걸리는 곳이었다. 집 앞에 있어서 어쩔 수 없이 가는 곳이 아니라 남편과 데이트할 때부터 좋아하던 술집이었다. 홀몸으로 밝은 초저녁 햇살을 맞으며 집을 나서는데 다리가 떠 있는 기분이었다. 걷는 게 이렇게 신나는 일이던가. 귀에 이어폰도 끼고 음악에 맞춰 붕붕 팔도 휘저으며 이십 분을 걸어 약속 장소에 도착했다. 어두컴컴한 조명에 불편한 의자, 그래, 이거지, 이거. 술자리 내내 흥분 모드인 나를 보고 친구들이 웃었다.

사실, 아이가 허락했다고 밤 외출이 그냥 된 건 아니었다. 약속일이 되기 며칠 전부터 나는 아이에게 나가는 날 저녁에 대해 시뮬레이션해 주었다. 엄마는 몇 시에 나가니까 아빠가 시켜 준 음식 잘 먹고 목욕하고 자면 된다고. 해야 하는 일들을 알려 주고, 엄마가 어디 가서 안 들어오는 거 아니고 네가 코 자고 있으면 금방 들어와 네 옆에 꼭 붙어 잘 거라고, 몇 번이나 말해 주었다.

   아이는 엄마가 없는, 상상도 할 수 없었던 일정에 대해 상상을 하고 막연한 두려움을 느꼈다. 그래도 다행히 내가 외출해 있는 동안 몇 번 전화한 것 말고 다른 일 없이 잘 보냈다. 잠을 자다 뒤늦게 돌아온 엄마가 옆에 잘 있는지 잠결에 더듬거렸을 뿐이다. 그 손길을 냉큼 받아 안아 주니 안심하며 다시 잠들었다.

   "엄마, 언제 나가?"
   그랬던 나의 꼬꼬마였는데, 요즘은 달라졌다. 내가 외출 약속이 있는 날이면 그날은 아침부터 쫓아다니며 물어보기 시작한다. "엄마, 몇 시에 나간다고?", "엄마, 왜 안 나가?", "엄마, 왜 아직도 안 나

엄마가
술 마시는 게 어때서

가?"……. 서운하기까지 하다.

　이건 다 치킨 때문이다. 내가 외출하면 남편이 저녁으로 치킨을 시켜 주는데, 이게 평소 치킨 시키는 배달 횟수가 영 못마땅했던 아이에게 제대로 통했다. 엄마가 약속 있다고 하면 불쌍한 표정으로 엄마를 쫓아다니며 오늘 나가면 몇 시에 오냐고 묻던 꼬꼬마는 이제 주먹을 불끈 쥐며 "예~쓰!"를 외치는 아이로 변신했다. 그럴 수밖에. 치킨만이 아니었으니까. 아이가 살짝 귀띔해 주기로, 아빠는 엄마 없으면 엄마가 못 보게 하는 유튜브도 보여 준다고 했다. 둘이 하는 일탈이 꽤나 재미가 쏠쏠했나 보다.

　그렇게 이제는 오히려 아이가 나의 약속을 더 좋아하게 되었지만, 막상 몇 번 나가지도 못했다. 아이 엄마인 친구들 대부분이 괜히 남편에게 눈치가 보인다고 잘 나오려 하지 않았기 때문이다. 그건 나도 비슷했다. 남편들이 대놓고 눈치 주는 사람들이 아니라고 해서 눈치가 안 보이는 건 아니다. 별일이 없는데도 내 시간을 나에게 쓰는 것에 대해 죄스러움을 느끼는 게 아이 엄마들의 현실이다. 아마 언제 생길지 모를 육아의 돌발 상황에 대처해야 하는 사람은 아이 엄마여야 한다는 암묵적 룰 때문이리라.

그래서 더 감질맛나게 간혹이 되는 약속의 밤이 오면, 나는 실로 오랜만에 내가 된다. 매운 것, 자극적인 것, 날것을 못 먹는 누군가를 배려해 음식을 시키고, 앞 접시에 음식을 덜어 주고, 가위를 부탁해 음식을 잘게 자르고, 앉는 의자를 신경 쓰고, 추운지 안 추운지, 더운지 안 더운지 계속 물어보고, 오래 있으면 힘들어하니 허겁지겁 먹고, 화장실을 같이 가 주고 하는 그런 모든 일을 집에다 벗어 두고 술집에 앉아 있는다. 어두컴컴한 조명 아래에서 술로 목구멍을 적시면서 오로지 내 한 몸만 건사한다.

취해도 괜찮다. 지금 나는 혼자니까. 술기운에 나를 놔둘 수 있는 밤, 그런 밤이 일 년에 몇 번 없으니 그런 날은 그냥 놔둔다.

하려고만 하면 언제나 할 수 있었던 옛날이 그립지는 않다. 아이로 인해 전혀 다른 삶을 살게 된 걸, 그

걸 선택한 걸 후회하지 않는다. 그래도 이제는 일탈이
된 그런 밤들은 떠올리기만 해도 들뜨게 그립다.

04

간택 당한 자의
최후

"앞발을 가지런히 모으고 앉은 고양이의 곡선보다
아름다운 곡선이 있을까."

"윽, 맛없게 생겼어."

신명나게 먹고 있던 우리 부부는 찬물을 끼얹는 아이의 한마디에 욱한다. 감히 비싼 값 주고 공수해 온 윤기 잘잘 참치회를 모욕하다니, 내 딸이지만 참을 수 없다. 참치회의 비싼 맛을 알아 버린 어른들은 아이가 이해를 못 할 걸 뻔히 알면서도 참치회가 얼마나 맛있는(그리고 비싼) 음식인지를 떠들어 댔다.

냐~.

바로 그 순간에 우리 집 첫째 고양이 순이가 시끄러운 거실 한복판을 뚫고 지나간다. 떠들썩하거나 말거나 시선 한번 주지 않고 언제나처럼 고양이답게 도도한 모습이다. 거실 한복판에 사람처럼 대자로 뻗어 우리를 쳐다보고 있는, 개과 동물인 게 틀림없는 둘째 고양이 콩이와는 딴판이다. 맞다. 순이가 있었지. 나는 아이에게 참치회의 매력을 보여 주고자 순이를 향해 참치회를 흔들었다.

"순이야~, 이거 먹을래?"

"엄마! 순이 그거 먹으면 안 돼!"

내가 나긋나긋한 목소리로 순이를 부르자 아이가 깜짝 놀라 목소리를 높였다.

"아니야, 이건 괜찮아.* 양념 안 된 그냥 회니까. 예전에 순이 쟤 이거 엄청 좋아했었어."

"엉?"

내 말에 아이는 믿기 어렵다는 듯 눈을 동그랗게 뜬다. 아 참, 아이는 모르는 게 당연하다. 순이보다 어린 아이에게는 우리 부부가 순이와 보냈던 신혼의 기억이 없으니 말이다. 참치회를 따라 코를 킁킁거리며 다가오는 순이는 그때를 기억할까. 나는 순이를 쓰다듬으며 순이처럼 코를 벌름거리는 아이에게 그날의 이야기를 들려주기로 했다.

----

* 참치회를 비롯한 날생선회를 매일, 장기적으로 먹이면 고양이에게 안 좋을 수 있지만, 소량으로 다른 사료와 함께 가끔 먹이는 건 문제가 되지 않습니다. 하지만 경우에 따라 다르니 조심, 또 조심!

아직 아이가 태어나기도 전인 신혼 시절, 우리 부부는 주말이면 식당이나 술집 대신 마트를 털곤 했다. 우리의 먹부림을 얄팍한 호주머니가 감당할 수 없어서였다. 우리는 보통 마트에서 먹태 같은 말린 생선류나 식당에서 사 먹는 것보다 반절은 싼 볶음류의 안주를 사곤 했는데, 하루는 평소와 달리 냉동 참치회가 눈에 띄었다.

처음에는 아무리 마트표라고 해도 참치회가 이렇게 저렴할 수가 있나 신기해서 발걸음을 멈췄는데, 점점 가격표가 나를 유혹했다. 상태가 괜찮을까 염려스러웠지만, 그렇다고 고급 참치회를 사자니 안 그래도 얄팍한 호주머니에 구멍이 날 수도 있었기에 결국 의심을 떨구고 참치회를 카트에 담았다.

마트 털이를 끝낸 우리는 양양한 기분으로 자그마한 신혼집으로 돌아와 티브이 앞 어정쩡한 높이의 커피 테이블에 술상을 차리고 어정쩡하게 앉아 영화를 보며 주말 밤을 보냈다.

"아이코, 순이 왔네."

그러고 있으면 순이가 우리 사이에 쑥 들어와 앉았다. 순이는 새처럼 볼록 나온 가슴을 내밀고 앞발을 모으고 앉는, 거부할 수 없는 유혹의 자세를 하며 혹시 자기 먹을 건 없는지 연신 술상을 기웃거렸다.

"이거 한 번 줘 볼까?"

남편은 그런 순이가 귀여웠던지 참치회를 잘게 잘라 녀석의 콧잔등이 앞으로 내밀어 보았다. 그러자 녀석은 기다렸다는 듯 날름 받아먹고는 더 내놓으라는 것처럼 남편을 빤히 쳐다보았다. 술에 취했던 우리는 그 모습이 귀여워 소리를 질렀다. 얘 참 비싼 간식 먹네 하면서 예쁘다 예쁘다에, 궁디 팡팡에, 사진 찍기까지, 온갖 야단법석을 떨었다. 신기해서, 귀여워서, 사랑스러워서, 즐거워서. 그때부터 참치회를 먹을 때마다 한 조각씩 주는 게 우리에게도, 녀석에게도 버릇이 되었다.

순이를 처음 만난 건 신혼집 근처 길목에서였다. 오래된 아파트 단지 입구에서 들어오는 길에는 양옆으로 오래된 나무들이 심겨 있었는데, 볕이 좋을 때면 길게 자란 가지들 사이로 햇빛이 윤슬처럼 반짝이던 그 길을 나는 참 좋아했다. 점퍼 주머니에서 절대 손을 뺄 수 없을 정도로 추웠지만 햇볕만은 쨍하게 쏟아지던 어느 날, 남편과 나는 그 길 위에서 고양이 한 마리와 마주쳤다.

고양이는 살짝 고개를 들어 얼어붙은 백색의 경치에 노랗게 떨어지던 햇볕을 조막만 한 얼굴로 온전히 받고 있었다. 앞발을 가지런히 모으고 앉은 고양이의 곡선보다 아름다운 곡선이 있을까. 녀석은 가늘게 뜬 눈에 나른한 표정을 짓고서 평화로움과 여유로움을 온몸으로 말하고 있었다.

완벽한 그 순간을 마음으로 찍어 놓았다. 그리고 생각했다. 이 모습이 평생 잊히지 않을 수도 있겠구나.

"우리, 이 아이 데려가자."

노랗고 갈색의 줄무늬를 가진, 다른 사람들 눈에는 평범한 길고양이었을 거다. 하지만 내 눈에는 세상 그 어떤 고양이보다 아름다웠다. 남편은 내가 방금 만난 길고양이를 집으로 데려가자고 하니 놀랐다. 남편 눈에도 순이는 그저 평범한 길고양이 중 하나였으리라. 귀엽다 하며 바라보고, 이따금 순한 녀석들은 쓰다듬기도 하겠지만, 그곳을 벗어나면 곧 잊어버리고 마는 그런 고양이. 하지만 남편은 내 완강한 모습에 별말 없이 따라 주었고, 나는 그렇게 순순히 내게 몸을 맡기는 고양이와 함께 우리 집으로 왔다.

"얘, 너 왜 그래?"

그리고 만 하루가 지나기도 전에 녀석의 몸이 정상이 아니라는 걸 알았다. 한 번씩 발작처럼 숨을 힘들게 쉬었는데, 숨 쉴 때마다 배가 심하게 들어갔다 나왔다 하면서 온몸을 들썩였다. 쉬게 해 주면 괜찮을 줄 알았는데, 한참을 힘들어하다가 괜찮았다가를 반복하는 걸 보고 다음 날 일찍 동네 동물병원에 데려갔다. 동물병원에서는 당장 큰 병원으로 가 보라 하며 다른 동물병원을 소개해 주었다. 우리가 이동할 준비를 하는 동안 의사는 소개해 준 큰 병원에 전화를 걸어 고양이의 상태를 설명했다. 그만큼 긴박한 상황이었다. 한참 차를 타고 간 큰 병원에서는 신속하게 몇 가지 검사를 하더니 바로 수술을 해야 한다고, 차 사고를 당한 건지 누군가 발로 찬 건지 횡격막이 위로 올라가 있는 데다 폐렴이 심하고, 장 또한 정상이 아니라 이대로 놔두면 금방 죽는다고 했다. 거기다 새끼까지 배고 있어 새끼와 어미 중 누굴 살릴지 선택해야 한다고도 했다. 우리는 녀석을 선택했다. 그렇게 고양이는 이름을 지어 줄 새도 없이, 만난 지 이틀 만에 수술을 하고 입원했다.

가냘픈 앞다리에 주사를 연결하고 붕대를 칭칭 감은 채 환묘복을 입고 기운 없이 누워 있으면서도 고양이는 우리가 보러 가면 고개를 살짝 들고 눈을 마주쳐 왔다. 마치 너희 왔냐고 아는 척해 주는 느낌이었다. 누군지 알아보는 것 같았다. 녀석은 면회를 갈 때마다 기운을 차리는 게 느껴지더니 다행히 그리 오래 지나지 않아 퇴원할 수 있었다.

퇴원할 때 의사는 고양이 이름으로 '순이'는 어떠냐고 했다. 그 큰 수술을 했는데도 입원해 있는 내내 너무 얌전했다고, 이렇게 순한 애는 처음 봤다고 했다.

나는 순이는 너무 흔하고 심심한 것 같아 그런 의미라면 '군자'는 어떠냐고 했다. 그랬더니 의사도, 남편도 내 말이 들리지 않은 것처럼 반응을 하지 않았다. 쳇. 그렇게 녀석은 얼결에 순이라는 이름을 얻었다.

순이는 배에 커다란 수술 자국을 가지고 다시 우리 집으로 돌아왔다. 이제는 순이에게도 진짜 '우리 집'이 될 곳이었다. 하루 정도 머물렀을 뿐이라 아직 낯설 텐데, 순이는 신기하게도 오자마자 코를 움직이며 온 집안을(그래 봤자 금방 훑어볼 수 있을 정도로 좁기는 하지만) 열심히 살폈다. 낯선 곳에 가면 어딘가로 숨어 들어가 한참동안 나오지 않는 고양이도 많다던데, 신기했다. 살펴본 결과가 흡족했는지 순이는 곧 우리 집이 원래 자기 집이었던 것처럼 소파에 자리 잡고 누웠다. 아주 편안하게 말이다.

그날부터 우리 생활은 순이를 중심으로 돌아갔다. 순이가 아직 완전히 나은 게 아니어서 밤낮으로 순이를 보살피려고 노력했다. 낮이면 순이 뒤꽁무니를 쫓아다니며 불편한 게 없나 살폈고, 밤이면 자꾸 환묘복을 핥으며 수술 부위를 자극하는 순이가 걱정되어 옆에 붙어 잠들었다.

그 노력이 통해서였을까. 순이는 생각보다 빨리 회복했고, 점점 자신의 진짜 모습을 드러내기 시작했다. 초반에는 순이야, 부르면 강아지처럼 쪼르르 와서 예쁜 눈망울로 나를 올려다보며 고롱고롱 비벼대기에 나는 순이가 개냥이인 줄 알았다.(일 년 후 진짜 개냥이 콩이가 우리 집 둘째로 들어오게 된다.) 그런데 웬걸, 어느 순간부터는 이름을 불러도 나한테 오는 것처럼 걸어오다가 슬쩍 방향을 돌려 다른 데로 가 버리기 일쑤였다. 너무나도 전형적인 고양이처럼! 이상했다. 분명 처음에 이러지 않았던 것 같은데, 혼란스러워 남편에게 물으니 자기도 순이가 달라진 걸 느낀다고 했다.

"아무리 봐도 우리가 속은 거 같아. 쟤, 자기 살려고 그렇게 살갑게 군 거였어."

"맞아! 그때 길에서도 응? 엄청 부비부비하고 말이야. 순순히 따라오고. 얘 병원에서 돌아와서도 장난 아니었잖아. 아직 아파서 그랬던 건가!"

"그래, 맞아. 우리가 쟤한테 낚인 거라니까!"

우리는 분하다고 토로하면서도 웃었다. 사실 순이가 개냥이든 까칠한 고양이든 상관없었다. 우리는 순이에게 제대로 빠졌고, 그래서 행복했다. 순이는 이미 우리 가족이었다.

"순이가 그렇게 참치회를 좋아했다니까. 그래서 엄마랑 아빠가 순이 주려고 매번 참치회 사 왔잖아."

"그래? 그럼 지금 줘 봐. 순이도 주고 콩이도 줘 봐."

아이 말에 순간 당황했다가 이젠 순이 입맛 바뀌어서 안 좋아할 거라고, 그리고 콩이는 참치회 안 좋아한다고 말했다. 뭔가 변명 같은 기분이 든 건 느낌적 느낌일까. 이건 다 가성비 때문이다. 그때의 참치회와 지금 식탁 위에 놓인, 윤기 잘잘 흐르는 참치회는 출신 성분이 다르니까. 절대 순이를 예전보다 덜 사랑한다거나 그런 말도 안 되는 이유 때문이 아니다. 나는 여전히 순이가 앞발을 모으고 앉아 있는 모습만 봐도 정신 못 차리고 사진을 찍어 대는 순이의 극성팬인걸.

간만에 먹는 비싼 참치회에 홀려 잠시 얄팍한 마음이 팔락거린 것일 뿐이다. 아니, 그냥 단순히 그때보다 술이 덜 취해서인가.

그래도 한 조각 떼어서 순이 코앞에 내밀어 본다. 코를 가까이 대더니 냄새만 맡고는 얼굴을 돌린다. 그래, 말아라. 순이가 거부한 참치회 조각을 날름 내 입에 넣었다. 아이가 그런 나를 보고 엑! 소리 지른다.

"순이 코 닿았는데!"

"그게 뭐! 내 딸인데!"

절대 아까워서가 아니다.

05

파티라면
응당 3차까지

"두고 봐라. 쟤가 안 마시나.
누구들 딸인데 술을 안 마셔."

아이들은 작은 머리로 많은 생각을 한다. 그리고 세상의 모든 걸 알아내겠다는 듯 꼬리에 꼬리를 무는 질문을 쏟아낸다. 그러다 쏟아 낸 질문에 대답 좀 하려고 생각하고 있으면 금세 다음 질문으로 넘어가기도 한다.

또 어떨 땐 오랜 시간 묵은지처럼 묵혔던 말을 꺼내기도 하는데, 그 묵은지가 제대로 본질을 꿰뚫어 뜨끔하기도 한다. 그래서 간혹 아이와 이야기를 하고 있으면, 아이의 말이 묵은지가 되어 내 명치를 가격할까 걱정되기도 한다. 그때도 그런 때였다.

"파티하는 것 같아. 맛있는 것도 먹고 이야기하고 놀고, 파티 같아, 좋아."

다행히 그날의 말은 명치 때리는 묵은지가 아니었다. 오히려 나에게 괜찮다고 등을 두드려 주는 대답이었다. 우리 가족은 토요일 저녁마다 식탁에 둘러앉아 맛있는 음식과 아주 약간(아니, 조금 약간, 아니, 약간인 건 아닌가.)의 술을 곁들였는데, 아무리 술밍아웃했다고 해도 매번 술판을 벌이는 게 마음 한구석이 불편했다. 그래서 아이에게 엄마 아빠가 술 마시는 것에 대해 어떻게 생각하냐 물었더니 저리도 마음에 들게 대답한 것이다.

파티라니. 전혀 생각지 못한 답변이었다. 분명 파티라고 말한 이유의 대부분은 평소에는 허용되지 않는 몇 가지 행동들이 그때는 허용되기 때문일 것이다. 아이의 속내가 무엇이든 나는 이미 아이 말에 신이 났다. 그래서 아이가 파티를 더 좋아하게 만들기로 했다. 이름하여 고기 파티 데이!

고기라면 환장하는 아이를 위해 과감히 나의 신성한 안주, 언제나 나의 위장을 보호해 주는 회를 포기하고 고기 파티를 열기로 했다. 인근 제주 고기 전문점의 제주 흑돼지 삼겹살과 함께라면 우리 셋 다 행복할 것이다. 사은품으로 받아놓고 한 번도 꺼내 쓰지 않은 전기 플레이트를 꺼내 식탁 위에 놓고 배달 온 고기를 옆에 두니 외식 부럽지 않은 기분이었다.(물론 외식할 때처럼 누가 다 차려 주고 다 치워 주지는 않지만…….흑흑.) 프라이팬에 살짝 식은 고기를 데우고 옆에 고사리나물, 그릇에 담은 멜젓을 올렸다. 돼지기름에 함께 구워 먹는 고사리나물이 이 식당만의 노하우인지는 모르겠으나 한 번 먹어 본 이후로 셋이, 특히 아이가 반해 버렸다. 또 프라이팬 위에서 보글보글 끓는 멜젓은 제주 흑돼지구이에 꼭 필수다.

"고사리, 고사리, 고사리~."

노래 부르는 아이 앞접시에 고기 반 고사리 반을 덜어 주면 아이 입에서 예~예~, 탄성이 나온다. 너 다 먹어라, 다 먹어. 남편과 나는 익는 대로 아이 덜어 주느라 고사리나물은 손도 못 대고 제주에 온 분위기라도 내려고 한라산 소주를 한 잔씩 홀짝홀짝 마셨다. 이제 쌈장도 잘 먹는 아이는 상추에 쌈장과 고기를 얹어 입이 미어지게 먹는다. 고기가 들어가서인지 셋 다 목소리 톤이 올라갔다. 어딘가에 짱박혀 있던 고양이 두 마리는 어슬렁거리며 나타나더니 콩고물이라도 안 떨어지나 술상을 기웃거린다.

파티라면 응당 2차는 가야지. 비싼 흑돼지는 일찌 감치 파장하고 2차는 일명 냉삼, 냉동 삼겹살이다. 우리 집 냉동실 맛이 배어 있는 맛있는 냉동 삼겹살을 꺼내 프라이팬에 올리고 옆에는 듬성듬성 자른 미나리를 수북이 올린다. 누가 이런 조합을 발명한 건지, 술이 안 들어가고 버틸 텐가. 평소라면 미나리는 쳐다도 안 볼 아이도 삼겹살과 함께 잘 먹는다. 그러다 슬슬 파장이 보이면 김치를 굽는다. 역시 돼지고기엔 김치지. 서비스로 온 김치찌개로도 부족해서 기어이 김치로 프라이팬 한쪽을 빨갛게 물들인다. 분명 다들 안 먹는다고 했는데, 먹기 좋게 기름을 먹고 노랗게 김치가 익자 양 사이드에서 어택이 들어온다. 쳇.

고기와 고사리며, 밥까지 양껏 먹어 배가 차오르면 아이는 파티의 화룡점정, TV를 켠다. 만화 채널만 주야장천 틀어 놓는 평소와 달리, 고기 파티를 하는 날이면 셋이 모두 만족하는 프로그램을 찾아보며 수다를 떤다.

"엄마, 저 아저씨들도 술 마신다!"

때마침 한 예능프로그램에서 배우들이 음식을 놓고 술을 마시는 장면이 나온다. 아이는 술 마시는 모습이 반가운가 보다. 그런 의미에서 우리도 한 잔, 짠. TV 보면서 한 마디씩 참견하며 거들다 보면 어느새 고기 파티는 막바지로 향한다. 프라이팬 위에는 비쩍 말라 버린 고기 몇 점만 남았다. 하지만 어디까지나 고기 파티가 막바지일 뿐, 술 파티가 끝이 보이는 건 아니다. 그럼, 이제 시작이지. 새로 딴 소주에 희한하게 비쩍 마른 고기를 좋아하는 남편은 남은 고기를, 김치찌개에 환장하는 나는 찌개 한 술을 곁들인다. 배는 이미 포화 상태다. 술 마실 때 배부르면 술맛이 잘 안 붙어 안주 많이 먹는 걸 조심하는데 글렀다, 글렀어. 이럴 때는 뭐가 필요하다? 그건 바로 3차!

　집안이 고기 냄새로 가득하다. 집안의 모든 환풍기란 환풍기는 다 돌리고, 창문을 열고, 초를 켠다. 안방의 이불에도 고기 냄새가 배었다. 그 냄새를 맡고 아이가 한마디 한다.

　"음~, 고기 냄새 좋아. 또 먹고 싶다."

아이는 좀 전에 밥 한 그릇에 고기, 고사리, 미나리, 김치까지 싹 다 먹었다. 그런 자가 할 소리인가.

3차를 위해 식탁 위를 치운다. 내가 문어 다리를 굽고 맥주를 꺼내는 동안 남편은 계속 주위를 맴돌며 간식을 내놓으라 어필하던 고양이들을 챙긴다. 그사이 아이는 TV를 끄고 음악을 틀고 리듬에 맞춰 흐느적흐느적과 덩실덩실 사이의 춤을 춘다.

"엄마, 그런데 커서 술 마시기 싫으면 어떻게 해?"

다시 식탁에 앉아 맥주를 유리잔에 따르며 춤을 구경하는 우리에게 아이가 뜬금없이 묻는다.

"뭘 어떻게 해? 안 마시면 되지."

"어엉?? 안 마셔도 되는 거야? 난 다 마셔야 하는 건 줄 알았어!"

"당연히 안 마셔도 되지. 마시고 싶은 사람만 마시는 거야."

"으휴, 다행이다. 그럼 난 안 마실 거야."

다행이라고 폴짝거리는 아이를 보면서 남편이 속삭였다.

"두고 봐라. 쟤가 안 마시나. 누구들 딸인데 술을 안 마셔."

나도 아이 말을 믿지 않는다. 커서도 엄마 아빠랑 영원히 같이 살 거야랑 맞먹는, 씨알도 안 먹히는 장담이다. 누구의 장담대로 될까. 어른이 된 아이를 잠시 상상해 보았다. 그것만으로도 이상하고 신기해 웃음이 났다. 술을 마시는 어른이 되든 마시지 않는 어른이 되든 지금처럼, 오늘처럼 사이좋은 셋이었으면 좋겠다. 그런데 설마 그때도 아이가 춤을 추려나.

오늘 파티도 성공적. 술과 고기는 언제나 옳다.

06

네,
어린 시절부터
남달랐습니다

"바로 그때, 갑자기 소주잔의 잔잔한 소주가
찰랑, 하고 나를 불렀다."

이 방에서 저 방으로 왔다 갔다 하며 혼자 한참을 놀던 아이는 혼자 노는 게 싫증이 났는지 남편과 내가 앉아 있는 식탁으로 와 앉았다. 그리고 식탁 위 안주로 놓인 구운 황태채를 맛있다고 집어먹으며 우리가 나누는 대화에 끼어들어 이것저것 참견을 하기 시작했다. 그러다가 툭 하고 뜬금없이 물어보았다. 엄마 아빠는 언제부터 술을 마셨냐고 말이다.

아이 질문에 바로 대답이 나오지 않았다. 그건 남편도 마찬가지여서 둘 다 어, 어, 하면서 잠시 말을 잡아끌었다. 그런 엄마와 아빠를 의아하게 바라보는 아이에게 이십 년 정도 됐다고 겨우 얼버무렸다. 물론 거짓말이다. 나도, 남편도 법적으로 음주가 가능한 나이가 되기 전부터 술을 마셨다. 내가 처음 입에 술을 대본 건 초등학교 5학년 때였다.

그때부터 술을 마셨냐고, 아주 발라당 까졌다고 생각한다면 그건 오해다. 첫 음주는 그저 어린 시절의

넘치는 호기심이 불러일으킨 작은 에피소드라고나
할까.

　일요일이었던가, 아버지는 그날도 낮부터 밥에 반
주를 곁들였고, 불콰하게 취했다. 금방이라도 곯아떨
어질 것 같은 아버지의 잠자리를 봐 주느라 엄마도,
톡 치면 잠들 것 같은 아버지도 안방에 들어가 있었
다. 부엌에는 나와, 아버지가 채 비우지 못한 소주잔
뿐이었다.

　도대체 저게 무엇이기에 아버지는 거의 매일 마셔
대는 걸까. 얼마나 맛있는 것이기에 우리는커녕 엄마
도 주지 않고 혼자서만 홀짝대는 걸까. 작은 잔에 담
긴 액체를 물끄러미 바라보았다. 바라보는 시간만큼
궁금증이 호기심으로 자라났다.

　바로 그때, 갑자기 소주잔의 잔잔한 소주가 찰랑,
하고 나를 불렀다.

　당장 행동에 옮기지 않으면 엄마가 나온다. 나는 소
주를 단숨에 털어 넣었다. 혹시라도 술에 취하면 어쩌

나 살짝 걱정이 되긴 했다. 전에 사촌 동생이 술을 물인 줄 알고 마셨다가 해롱거리는 모습을 본 적이 있었으니까. 하지만 그 녀석은 외사촌이다. 응, 나의 아버지와 다른 피를 가진 자. 외삼촌도, 외숙모도 우리 아버지만큼 술을 마시지 못하는걸.

꼴깍.

술에 대해 내가 그 어떤 맛을 상상했든, 그 맛은 아니었다. 이런 맛일 줄이야. 인상이 절로 잔뜩 써졌다. 쓰다는 것 말고는 떠오르는 게 아무것도 없는 맛이었다. 대체 이걸 왜 마시는 거야. 이게 무슨 맛이라고. 물로 입안을 헹구고도 쓴맛이 안 사라져 한참을 계속 인상을 쓰고 있었다. 잠시 뒤 나온 엄마는 아무것도 모른 채 술상을 치우기 시작했다. 완전 범죄였다. 열두 살의 일탈은 그걸로 충분했다.

그러나 술에 대한 궁금증은 그 뒤로도 몇 년에 한 번씩 재발했다. 그다음 궁금증은 중학교 2학년 때였는데, 그날도 아무런 이유가 없는 갑작스러운 충동이었다. 집에 놀러 온 친구와 장식장에 놓인 아버지 술을 보고 있었는데 누군가 말을 꺼냈다.(아마 그 누군가는 분명 나일 테지만, 그냥 이렇게 표현해 보자.)

"우리, 술 마셔 볼까?"

"그래, 마셔 보자!"

의기투합한 나와 친구는 열다섯 인생에서 가장 큰 모험을 시작하려고 했다. 장식장에서 양주병을 꺼내 뚜껑을 열고 양주잔에 따르는 동안 나도, 친구도 잔뜩 흥분해 있었다. 술에 대한 기대는 아니었다. 그건 금지된 행동을 한다는 들뜸이었다.

아버지가 하던 가락대로 두 개의 양주잔에 양주를 반씩 따르고 무언가 술에 탈 음료를 찾다가 마땅한 게 없어 그냥 요구르트를 넣었다. 친구와 사이좋게 짠, 건배하고 한 잔씩 원샷하려고 했으나 친구는 원샷은 커녕 한 모금도 채 넘기지 못하고 싱크대에 냅다 뱉어 버렸다. 나? 나는 장식장을 온갖 술로 가득 채워 넣은 아버지의 딸답게 원샷을 때렸다. 목구멍이 타들어 간다는 게 이런 거로구나. 비록 요구르트를 타서 이상야릇 요상한 맛이 되어 버렸지만 그래도 목구멍은 타들어 갔다. 이게 독주라는 건 알겠다 싶었다. 친구가 한참 물로 입을 헹궈 내는 동안 나는 내가 술에 취하는지 기다려 보았다.

"에이 별거 없잖아."

친구는 옆에서 입이 너무 쓰다고 폴짝폴짝 뛰었지만, 나는 생각보다 싱거운 느낌에 다소 실망스러웠다. 대단한 걸 기대한 건 아니었지만 큰맘 먹고 일탈하는데 그에 걸맞은 뭔가 신기하고 재미있는 결과가 있어야 할 것 아닌가.(물론 아무렇지 않은 건 나여서겠지. 친구가 술을 뱉지 않고 마셨다면 기대치에 맞는 경험담이 탄생했을 것이다.) 아무튼 이렇게 또다시 나의 일탈은 맹숭맹숭하게 끝나고 말았다.

이런 짧은 에피소드가 아닌 본격적인 음주의 시절은 그로부터 사 년 후에 찾아왔다. 예나 지금이나 본인도 타인도 듣기만 해도 무서운 바로 고3 시절. 그때만 해도 미성년자들이 술집에서 술을 마셨다. 술집 주인들이 미성년자들에게 미리 단속 시간을 알려 줄 정도로, 정당하진 않지만 공공연한 시기였다. 미성년자 음주 단속이 심해져 술집이 영업 정지를 당하는 일이 시작된 건 내가 대학교에 들어간 이후였다.

그 시절 나는 무엇이 그리 힘들었는지, 지금은 기억도 나지 않는 고민을 끌어안고 유딩 때부터 친구였던 친구와 함께 주말이면 술 메이트가 되어 술집을 전전했다. 나중에 같은 반 친구들의 삼 분의 일은 술을 마신다는 걸 알게 된 뒤로는 평일에도 반 친구들과 어울려 술집을 다녔다. 새벽까지 술을 마시고 독서실에서 온 척, 허쉬 초콜릿 드링크로 입을 헹구고 집에 들어가면 엄마는 아무것도 모르고 새벽까지 공부하느라 고생했다고 해장에 좋은 참치죽을 데워 주었다.(정말 엄마는 아무것도 몰랐다. 성인이 되고 나서 엄마에게 알고 있으면서 모른 척한 거지, 라고 물으니 전-혀 몰랐다고 해서 엄마도 나도 놀랐다.)

미성년의 알코올 해독 능력은 어찌나 놀라운지, 그 다음 날 아침이면 학교의 0교시에 가려고 잠든 지 서너 시간 만에도 멀쩡히 일어났다. 그리고 저녁이 되면 가방에 책 대신 소주병을 꽂고 노래방에 갔다. 일주일의 반이 넘게 소주잔이 없으면 종이컵으로, 종이컵이 없으면 병째 들이마시면서도 힘든 줄 몰랐다. 바쁜 날들이었다. 놀고, 마시고, 그사이 틈새에 공부하고, 쉴 틈이 없었다.

그러나 당연하게도, 무절제한 음주의 끝은 좋지 않았다. 미성년의 능력을 너무 과신했던 것이다. 바빴던 고3 음주 생활 동안 잃어버리는 줄도 모르고 간과 위장 능력을 잃어버렸다. 그래서 정작 다들 한창 많이 마실 나이에는 술을 마시면 속이 뒤집히는 웩증이 심해 술을 거의 못 마셨고, 조금만 마셔도 다음 날까지 숙취에 시달렸다.

일 년의 음주로 몇 년을 고생했는지. 술 무서운 줄 모르고 안주는 거의 없이 술만 들이부었던 무식한 용기가 만들어 낸 결과였다. 그런 용기가 가능했던 건 술을 마셔 본 술 선배 없이 꼬맹이들끼리 술을 마셔서였겠지. 이래서 술은 어른에게 배우라고 했나. 이십몇 년은 늦은 깨달음이다.

07

아버지는
소주를 마시라 하셨어

"아버지를 보며 나는 어떤 부모가 될지,
그리고 되고 싶은지를 생각해 보게 되니까."

이십 대 초반, 내가 술을 마신다는 걸 알고 아버지는 피식 웃었다. 누가 봐도 '쪼그만 게 마셔 봤자'라는 식의 웃음이었다. 나와 동갑내기인 조카가 내가 술을 곧잘 마신다는 정보를 자기 삼촌들(나에게는 사촌오빠들)에게 퍼뜨린 이후 사촌오빠들이 나만 보면 짓곤 하던 그 표정과 매우 흡사했다.

아버지가 항상 나를 쪼그만 여자애로 취급하며 무시한다는 건 알았지만, 그래도 그렇게 대놓고 피식 웃으니 기분이 나빴다. 이십 대 초반의 나이에 술 좀 마시는 사람이라면 다들 술부심이 조금씩은 있지 않나. 아버지에게 내 주량을 말해 주고 싶은 마음이 굴뚝같았지만 막상 많이 마신다는 걸 알면 여자애(!)가 술 많이 마신다고 난리 칠까 봐 꾹 참았다.

몇 년간의 비웃음 닮은 웃음을 지나고, 나는 어느새 아버지가 보기에도 엄연한 어른이 되었다. 야근을 하고 회식을 하는 으른, 돈을 벌어오는 직장인 말이다.

회식이 곧 술이라는 공식이 통용되던 시절이었던지라 아버지는 쪼그만 나도 '어쩔 수 없이' 제대로 술을 마시게 될 거라 짐작했던 것 같다. 그때부터 아버지는 비웃음기를 빼고 잔소리를 시작했다. 술 조금 마셔라, 조심히 마셔라는 이야기는 아니었다. 아버지의 잔소리는 이거였다.

"소주를 마셔라."

아버지는 열렬한 사상의학 신봉자다. 내가 어렸을 때부터 아버지는 눈앞에 음식이 있을 때마다 이 음식이 어떤 성질인지, 그래서 아버지 피셜로 소음인인 나에게 어떤 영향을 끼치는지를 장황한 일장 연설로 퍼부어 대곤 했다. 아버지가 사상의학 신봉자라는 건 알았지만 그게 술에까지 내려올 줄이야. 그때도 온갖 이야기를 들었는데, 요약하자면 이런 말이었다. 맥주는 몸이 차가운 소음인에게 좋지 않다, 소주가 낫다. 그리고 그 말끝에 자신도 그래서 소주를 마시는 거라고 덧붙였다.

나는 그 말에 쓴웃음이 났다. 거참 좋은 변명거리

네. 변명거리 만들어 줘서 사상의학을 그렇게 좋아하나 의심도 들었다. 다른 누구도 아닌 내 앞에서 그런 거창한 이유를 가져다 대며 소주 운운하는 걸 듣자니 아버지가 뻔뻔하게 느껴졌다.

　알코올 중독이라는 말을 알게 된 이후로, 나는 아버지를 알코올 중독자로 분류했다. TV 드라마에서처럼 아무 일도 하지 않고 종일 술만 마시는 사람만 알코올 중독자는 아니다. 아버지는 일주일에 이틀 정도를 제외하고는 매일 제 몸에 소주를 몇 병씩 들이부었다. 이틀 정도 쉬는 건 본의 아니게 전날 과음 때문에 뻗어 있느라 어쩔 수 없는 일이었을 뿐, 속만 받쳐 주었다면 분명 매일 마셨을 것이다. 저녁마다 아버지는 소주를 반주로 마셨고, 나는 아버지의 혀가 점점 꼬일수록 아버지의 변신이 두려워 고개 숙이고 밥을 먹었다.

　아버지의 일장 연설은 평소에도 장황했지만, 술을 마시면 더더욱 심해졌다. 참으로 다양한 소재로 시작되는 일장 연설은, 마지막에는 언제나 내용과 상관없이 자식들이 죄인이라는 결론으로 귀결되었다. 나는 그럴 때마다 죄인다운, 복종하는 자세로 앉아 찍소리 하나 내지 못하고 듣기만 했다. 하지만 속으로는 아무런 근거 없는 아버지의 언어폭력을 납득할 수 없었다. 겉으로는 아버지라는 자리와 어른의 힘에 굴복할 수밖에 없더라도 마음마저 굴복하고 싶지는 않았다.

그래서 나는 아버지가 무슨 말을 하건 결코 내게 담아 두지 않기로, 한 귀로 들어온 말들을 조금도 남기지 않고 한 귀로 흘려보내기로 마음먹었다. 그게 내 나름의 항변이었다. 당신이 죄인이라 여기며 하염없이 내려찍은 말들이 사실은 아무런 효과가 없었다고, 그저 자기 입만 아프게 했다는 걸 증명하고 싶었다.

그런데 웬걸. 나이를 먹어갈수록 모조리 흘려보낸 줄 알았던 말들이 내가 알지 못하는 새에 내 안에 내재되어 있음을 알게 됐다. 배가 아프다는 친구에게 무심코 너는 ○○인 같으니 이걸 먹으라는 말이 나왔고, 손발이 찬 친구에게도, 쉽게 얼굴이 붉어지고 더워하는 친구에게도 너희는 사상의학적으로 이게 맞고, 이건 안 맞다는 소리가 절로 나왔다.

친구들을 그럴 때마다 그런 걸 어떻게 아느냐며 놀랐다. 젠장. 아버지는 이런 반응을 보고 싶어서 그렇게 장황하게 말했던 건가. 솔직히 놀라는 친구들의 반응을 보면서 기분이 썩 괜찮았다. 그래서 선무당이 사람 잡을지도 모르는 어설픈 정보들을 더 신나서 떠벌려 댔다.

그렇게 나이를 먹고 내 행동 여기저기에 쌓인 아버지의 모습을 보면서, 나는 조금은 다른 시선으로 아버지를 보게 되었다. 나이를 먹으니 이해하게 되었다는 이야기가 아니다. 그저 마냥 무섭게만 느껴지던 아버지를 감정적으로 한 발짝 떨어져서 개별적인 사람으로 인식해 관찰하게 됐다. 그러자 무서워 숙인 고개 위에서만 존재했던 아버지가 내려오기 시작했고, 나에게는 고개를 들어 아버지를 바라볼 수 있는 담대함이 생겼다.

덕분에 서른이 넘어 머리가 굵어지고부터는 아버지와의 관계가 조금씩 달라졌다. 아버지는 여전히 찍소리 못하고 죄인의 자세로 자신의 말을 경청하는 딸을

원하지만, 나는 이제는 다소 불량한 자세로 앉아 아버지의 말이 길어진다 싶으면 자르기도 하고, 하고 싶은 말을 내지르기도 한다. 아버지는 아버지대로 사십쇼, 나는 나대로 살겠습니다가 머리에 탑재된 이후로 아버지에게 능글맞게 받아치기도 한다. 아버지의 말들을 예전만큼 힘들게 받아들이지 않으니 무엇보다 내가 편해져 좋았다.

아버지는 달라진 나를 보며 움찔하기도 한다. 딸 무서워서 말을 못 하겠다고 엄살도 부린다. 일방적이기만 했던, 그래서 폭력적이었던 부모와 자식 관계를 재고하고자 던지는 말들을 꼭 자신에 대한 공격으로 받아들인다. 하지만 이제 아버지의 그런 반응은 분노가되는 게 아니라 자극이 된다. 아버지를 보며 나는 어떤 부모가 될지, 그리고 되고 싶은지를 생각해 보게 되니까.

얼마 전 친정에 갔다가 아버지의 보물로 가득한 창고 방을 구경했다. 종류별로 진열되어 있는 술들을 구경하고 있는데 아버지가 스르륵 나타나 또 가르침을 전수하기 시작했다. 저 술은 뭐로 담근 거라 너랑 안 맞고, 저 술은 괜찮고, 저 술은 어쩌고저쩌고. 듣다가 나도 한마디 한다. 애를 낳은 이후로 체질이 변한 것 같다고, 몸도 차지 않고 더위도 타고 그런다고, 이제 소음인이 아닐 수도 있다고 했다. 아버지는 나를 잠시 쳐다보더니 계속 하던 이야기를 이어간다. 내 이야기가 안 들리나. 결국 아버지는 나의 취향과는 거리가 먼, 몸이 따뜻해지는 성질의 술을 기어코 내 품에 안겨 준다.

어쩌면 아버지는 사상의학에 심취했기보다는 그걸 빌미로 나에게 이야기를 하고 싶은 건지도 모르겠다. 이제는 하고 싶은 말을 하기는 하지만 이렇게 본인 말만 계속할 때는 포기하고 들어 주는 척이라도 한다. 내려놓고 포기하는 게 더 속이 편하다. 방에서 안고 나왔던 아버지의 추천 술은 집으로 돌아가기 전 다시 창고 방 제자리에 슬그머니 가져다 놓았다.

08

기분이 좋은 날에만
마십니다

"그런 날엔 생각한다.
술을 좋아하는 내가 술로 스트레스를 풀지 않는 이유에 대해."

언젠가부터 루틴이라는 말이 유행이다. 루틴을 만들면 자연스레 하게 된다고, 그래서 그런 사소한 루틴이 생활을 바꾼다고 말한다. 나도 루틴이 있다. 그건 이십 년은 넘었을 아주 오래된 루틴이다. 그 정도 시간이면 나, 무언가 되었어도 되었을 시간이다.

그리하여 되었다. 이름하여 술꾼이.

나의 루틴은 금요일과 토요일에는 술을 마신다는 것이다.(금요일과 토요일에'만'이 아니다.) 이건 이제 바뀌지 않는, 몸에 박힌 일과가 되었다. 그러나 때때로 그럼에도 마시지 않겠다고 하는, 그 힘든 결심을 하는 날도 있다. 진짜 정말 정말 맹세코, 좀처럼 일어나지 않지만 그럼에도 일어나는 그런 날. 그런 날은 바로, '기분이 나쁜 날'이다.

무슨 공식처럼 드라마 속 주인공들은 기분이 뭣 같은 날엔 술을 마신다. 드라마뿐이 아니다. 주변을 보아도 꽤 많이들 그런다. 물론 나도 기분이 뭣 같은 날 술을 마시긴 한다. 단, 내 기분이 아니라 다른 사람의 기분이 뭣 같은 날에만. 네가 기분이 그리 다운되어 술을 마시자 하니 함께 마셔 줄게라는 뉘앙스로 쫓아 가지만, 실은 술 핑계가 생겨서 나는 기분이 업된다.

　내 철칙에 누군가는 '아, 기분 나빠서 술 마신 날, 언제 한 번 제대로 사고 쳤구만.'이라고 생각할 수 있 겠지만, 진짜 정말 정말 맹세코 그건 아니다.(그렇다 고 사고를 친 적이 없다는 의미는 아니다.) 사람마다 스트 레스를 푸는 방법은 다르다. 꽤나 많은 사람들은 술로 풀고, 그리고 다른 꽤나 많은 사람들은 잠을 잔다.

　나도 잠을 잔다. 상태가 많이 안 좋은 날은 더욱 마 음을 몰아쳐 더 슬프게 만든 다음 펑펑 운다. 그리고 마음이 편해지는 요가 자세(정말 요가 자세인데 그냥 보 면 철퍼덕 엎드려 있는 걸로 보인다.)로 쓰러져 마음을 쓸어 담는다. 그다음엔 불을 끄고 단정하게 누워 잠이 든다. 그러면 다음 날, 숙취로 퉁퉁 부은 얼굴 대신 자 체 생성 오일이 만들어 준 미끈한 얼굴과 함께 한결 가벼워진 마음으로 아침을 맞이할 수 있다.

그런 날엔 생각한다. 술을 좋아하는 내가 술로 스트레스를 풀지 않는 이유에 대해, 단순히 그게 싫은 게 아니라 내 철칙인 이유에 대해. 그건 기억이 나지 않는 순간부터 봐 왔던 아버지의 모습 때문이다. 아버지는 여러 가지 이유로 술을 마셨는데, 그중 가장 높은 빈도로 이유가 되었던 게 기분이 나빠서였다. 기분이 좋을 때 술을 마신다고 해서 끝이 좋은 건 아니었지만, 기분이 나쁜 날에는 특히 더 끝이 나빴다. 다른 사람을 괴롭히는 걸로 끝나는 아버지의 주사를 보면서 자라다 보니 어느새 마음에 새겨진 것 같다. 술을 마시고 나쁜 기분을 증폭시키지 말아야지, 폭탄이 되지 말아야지, 술을 마시면 기분이 나빠지는 사람이 되지 말아야지.

그렇게 기분이 좋은 날에만 술을 마시는 철칙을 가지고 술을 마셨는데도 왜인지 대학교 때는 여러 사람과 술을 마시면 외로워지고는 했다. 모두 나와 친하고 내가 사랑하는 사람들이고, 좀 전까지도 즐겁게 웃고 떠들었는데도 술기운이 몸에 퍼지면 우울감이 스멀스멀 나를 지배했다. 학교 안에서 나는 까칠하기는 했지만 에너지가 넘치는 즐거운 사람이었다. 하지만 집에서는 달랐다. 아버지의 주사는 내가 컸다고 해서 달라지지 않았기 때문이다.

유년 시절에 잠시 겪었던 일이면 좋으련만, 이십 대에도 나는 여전히 아버지의 주사에 시달렸다. 집에서의 나는 아버지 눈에 잘못 띄었다가 불벼락을 맞을까 매사에 눈치를 보고 전전긍긍했다. 내가 실은 그렇게 보잘것없는 인간이라는 걸 밖에서 들키고 싶지 않았다. 그래서 더 친구들과 선후배 앞에서 활발한 척, 거리낌 없는 성격인 척 연기를 했었다. 아무리 해도 익숙해질 리가 없는 연기였다.

그래서였을 거다. 그래서 그렇게 즐겁게 놀다가도 한 번씩 정말 나를, 내가 처한 상황을 아는 사람이 없다는 것에 한없이 꺼져 들어갔었던 걸 거다. 그렇다고 사람들에게 내 마음을 드러내진 않았다. 내 문제였다. 거기 있는 다른 누구의 탓이 아니었다. 그러나 한 번 기분이 가라앉으면 쉽사리 올라오지 않았다. 그래서 그럴 때면 술을 마시는 대신 차라리 자리를 떴다. 사라지는 게 건강한 해결 방식은 아니었지만, 그 당시 내가 생각해 낼 수 있는 최선의 방법이었다.

하나 기분이 좋지 않으면 술을 마시지 않는 건 나만의 철칙일 뿐, 대부분의 사람들은 기분이 좋지 않은 사람에게 술을 권한다. 그때도 선배들은 기분이 안 좋은 후배가 있으면 술집으로 데려갔다. 그렇게 데려간 술집에서 꽐라가 되어 나오는 후배들 중에는 화가 더 커져 폭력적으로 변하는 녀석들이 꼭 있었다. 남의 가게 간판을 부수거나 남의 차 사이드 미러를 발로 차 부러뜨리는 식으로 말이다. 그렇게 변신하는 후배들도 싫었지만, 뒷수습하는 선배들도 싫었다. 저 때는 저럴 수 있다고 웃으며(!) 후배들을 그리 혼내지 않았기 때문이다. 기분이 좋지 않은 사람에게 술을 먹이고, 결국 그 사달이 나는 걸 지켜보면서 참으로 답답했다.

술이 기분을 증폭시키는 마법을 가진 묘약이라는

걸 술을 마시는 사람이라면 대부분 알고 있지 않을까. 술은 좋은 기분을 더없이 좋게 만들 수도, 우울한 기분을 끝없이 가라앉게 만들 수도 있다. 물론 약처럼 술도 사람에 따라 다르게 반응하고, 가끔은 우울을 끌어올려 기쁨으로 만들어 주기도 하지만, 그렇다고 시작 상태가 메롱인 상태에서 굳이 술을 마셔 도박하듯 감정을 맡겨도 되는 걸까. 나는 아직 그럴 이유를 찾지 못했다. 그래서 나는 기분이 좋은 날에만 술을 마신다.

09

그
지긋지긋하지 않은 술

"모든 술꾼이 과음한 다음 날에는
그렇게 말하기 마련이니 흘려들었지만,
엄마는 달랐다."

삼남매 중 누군가는 술 마시고 들어오는 숱한 날들의 다음 날 중 어느 날, 엄마가 누구에게랄 것 없이 우리에게 물었다.

"그놈의 술, 안 지긋지긋하냐?"

기다렸던 질문인 것처럼 큰오빠가 바로 대답했다.

"엄마, 술이 나쁜 게 아냐. 술버릇 나쁜 사람이 나쁜 거지."

어쩜, 참 명쾌하다. 나도 마음 한구석으로는 술 지긋지긋하지도 않나, 내가 왜 이럴까 했었는데 큰오빠의 한마디로 제대로 정리가 됐다.

아버지의 세 자식들은 자신이 아버지의 어떤 부분을 닮았다는 걸 인정하지 않으려고 했지만, 단 하나만은 인정했다. 술을 좋아한다는 것. 주량 면에서는 대단한 술꾼이었고, 주사 면에서는 대단한 진상이었던 아버지와는 주량에서도 주사에서도 비교가 안 되는 보통의 사람들이기는 했지만 그래도 술을 좋아하고 자주 마신다는 점에서는 같았다.

　엄마는 어릴 때부터 아버지의 주사를 받아내며 자란 우리가 술을 좋아한다는 사실이 영 이해가 가지 않는 모양이었다. 그래서 우리가 번갈아 술에 취해 집에 들어오면 엄마는 영 못마땅한 표정으로 지켜보고는 했다. 그래도 셋 다 술에 취해도 얌전히 인사하고 조용히 방으로 들어갔기 때문에 눈빛 공격 외에 별말은 하지 않았다.

　아버지의 주사와 별도로도 엄마는 우리를 이해할 수 없는 사람이었다. 어릴 적 가끔 돼지갈비집에서 외식을 할 때면 아버지는 가족 외식 자리를 본인의 술자리로 바꾸고는 했는데, 한 번은 엄마가 술을 들이붓는 아버지를 말리다가 홧김에 소주 한 잔을 마신 적이 있었다. 그날 소주를 몇 병 마신 아버지가 소주 한 잔 마신 엄마를 부축해서 집에 돌아왔다. 그런 사람이니 술 좋아하는 아버지도, 그 아버지를 닮은 삼 남매도 이해하지 못했을 거다.

술 이야기만 나오면 그놈의 술, 지긋지긋이라는 단어를 꼭 껴서 말하는 엄마 때문에 어릴 적에는 집에서 술을 마시는 건 상상도 하지 못했다. 하지만 사람은 적응의 동물 아니던가. 집을 나와 1인 가구로 몇 년을 살면서, 나는 당연하게도 집에서 혼술하는 게 습관이 되어 버렸다. 가장 편안한 장소에서 가장 편안한 복장으로 술을 마시는 게 그렇게 좋을 수가 없었다.

그러나 혼자 살 땐 그렇게나 좋던 그 습관이, 결혼하기 전 일 년은 부모님과 살아야겠다 싶어 다시 부모님 집으로 들어가게 되었을 때 그리도 큰 불편함으로 다가올 줄은 몰랐다.

집에서 술을 못 마신다니! 술자리에서 돌아오는 길, 부족한 맥주 딱 한 캔만 사 와 집에서 마시는 깔끔한 마무리, 오랜만에 일찍 퇴근해 맛좋은 술에 안주를 곁들여 마시다가 취하면 취하는 대로 있다가 그대로 드러누워 잠드는 편안한 자유, 이것들을 못 누린다니! 혼자 사는 몇 년 동안 혼술의 매력을 알아도 너무 알아 버린 게 문제였다.

그래도 어쩌겠나, 포기하고 있었는데 술김이 용자를 만들었다. 술을 마시고 들어가던 어느 날, 집 근처 편의점 앞에서 우뚝 발길이 멈췄다. 내 눈길을 잡아챈 건 편의점 유리창에 커다랗게 적힌 행사 내용이었다. "캔맥주 4개 만 원." 글귀 옆에는 다양한 종류의 캔맥주 사진들이 붙어 있었다.

지금 내게 필요한 게 뭔지 편의점도 알고 있는데 그냥 지나칠 수는 없지. 아, 그래도 안 되는데, 이제 혼자 사는 게 아닌데, 집에서 술 마시는 건 눈치 보인다고! 하면서도 편의점 문을 열어젖히고 있었다. 결국 내 손에는 캔맥주가 들려 나왔다. 비닐봉지 채로 가방에 넣고 시치미를 뚝 떼고 집으로 들어갔다.

술 마신 날에만 나오는 애교를 엄마에게 부리고 엄마가 주무시러 들어간 걸 확인한 후, 사 온 술과 안주를 꺼내 방에서 몰래 마시기 시작했다. 방에 있는 작은 TV를 소리 죽여 틀어 놓고 맥주를 마시는데, 사춘기 때 일탈하는 것 같아 재미있기도 하고 어이없기도 했다. 한창 마시고 있는데 물 마시러 나오는 부모님

발소리가 들리자 후다닥 술과 안주를 안 보이게 밀어 놓고, 불을 끄고 침대에 올라가 자는 척을 했다. 안방 방문이 닫히는 소리가 들리고 나서야 현실 자각. 나이 서른 넘어서 뭐 하는 짓이냐.

그래도 마시던 건 마저 마셔야지. 다시 불을 켜고 나머지 술을 열심히 마셨다. 술 마신 증거이자 쓰레기들은 사 올 때 받아온 검은 비닐봉지에 넣고 봉해 침대 밑에 넣어 두었다가 아침에 출근하면서 몰래 챙겨 나와 버렸다. 이런 게 완전 범죄(?)인가 혼자 뿌듯해했다.

그렇게 시작된 일탈 아닌 일탈이 만족스러워 몇 번 더 혼술을 몰래몰래 하던 어느 날, 간만에 일찍 퇴근해 집에 왔는데 나를 바라보는 엄마 표정이 이상했다. 왜 그러시지 생각하면서 방에 들어와 옷을 갈아입는데, 갑자기 엄마가 따라 들어와 냅다 등짝에 스매싱을 날렸다.

"아, 왜!"

으이그, 으이그를 연발하는 엄마 손에 익숙한 검은

비닐봉지가 들려 있었다. 아차!

"술을 마셨으면 내놓기라도 하던가! 방에서 술 냄새나서 찾아봤더니 침대 밑에다가 쑤셔 박아 놓고!"

엄마는 계속 으이그, 으이그하면서 나를 째려보았다. 엄마에게 혼나면서도 이 상황이 얼마 전에 봤던 드라마 「막돼먹은 영애씨」의 에피소드와 비슷해 풋, 웃었다. 그렇게 매를 번다. 등짝 스매싱 한 대 추가요.

그날부터 엄마한테 요주의 인물로 찍혔다. 엄마는 퇴근하는 내 손에 비닐봉지가 들려 있으면 유심히 쳐다보고는 했다. 온 얼굴로 못마땅함을 표현했지만 나이 들 대로 든 딸에게 더 이상 뭐라고는 안 했다. 아니, 그래도 한마디는 했다.

"침대 밑에 처박아 두지 말고 꺼내 놔. 방에 술 냄새 밴다."

역시 우리 엄마. 신나서 엄마 뺨에 뽀뽀했다가 으이그 으이그 소리와 함께 등짝 스매싱 한 번 더 맞았다.

이렇게 술이라면 못마땅하게만 생각하던 엄마였는

데, 생각지도 못한 놀라운 변화가 일어났다. 역시 술은 친구들과 함께해야 그 즐거움을 알게 되는 법. 만나면 술 한두 잔씩 드시던 엄마 친구분들이 엄마에게도 한 잔 마셔 보라고 권하셨나 보다. 그렇게 막걸리 한 잔, 소주 한 잔 받아 드시더니 술도 조금 늘고 꽤 재미있으셨던 것 같다. 술 한 잔(정말 한 잔) 하고 오셔서 술 마신 이야기를 흥이 나서 하는데, 엄마의 빨간 얼굴이 참 귀여웠다.

그래서 하루는 퇴근길에 집에 혼자 계신 엄마를 전철역으로 나오시라 했다. 딸이랑 맥주 한잔하자 했더니 엄마는 즐거워하며 전철역 앞 치킨집으로 앞장서 들어갔다. 치킨이랑 생맥주 한 잔씩 주문하려고 직원을 불렀는데 뜻밖의 실랑이가 벌어졌다. 생맥주 한 잔씩 달라고 했더니 잔뜩 커진 눈으로 엄마가 손사래를 쳤다.

"너무 많아. 그걸 누가 다 마셔. 한 잔만 시켜."

"엄마, 나 어차피 한 잔으로 부족해."

그 말에 좀 전까지 들썩들썩 신난 모습이 내 친구

같기만 하던 엄마가 도끼눈을 뜬 근엄한 엄마로 돌아왔다. 나무라는 엄마와 더 실랑이하기도 그래서 그냥 한 잔을 시켜 둘이 나눠 반씩 마셨다. 역시나 맥주 250cc를 한숨에 비워버리고, 한 잔 더 시키려고 하니 엄마가 그새 또 친구로 돌아와 있었다.

"나도 좀 나눠 줘. 조금 부족하네."

그것 보라고, 술 선배 말을 들어야지 하면서 둘이 한참을 깔깔거렸다. 엄마가 술맛을 알아 가는 게 기쁠 일인지는 모르겠지만 마냥 즐거웠다.

하지만 아쉽게도 그 즐거움은 살짝 왔다가 금방 사라졌다. 엄마가 친구분 댁에 놀러 간 어느 날 저녁, 엄마 친구분이 금방 도착하니 집 앞에 나와 있으라고 내게 연락을 해 왔다. 집 앞에 있으니 곧 택시에서 엄마 친구분이 비틀거리는 엄마를 부축해 내렸다.

몸을 이기지 못해 걷는 걸 힘들어하던 엄마는 집에 들어와 자리에 눕고도 어지럽다고 자꾸 일어났다. 원래 그런 거라고, 일어나는 엄마를 다시 누이고 주무시라고 했다. 안 마셔 보던 술을 마시고 힘들어하던 후배들을 돌봐 주던 이십 대 시절로 돌아간 기분이었다.

다음 날 일어난 엄마는 어제 친구네 집에서 데킬라가 어떤 술인지도 모르고 잘 들어간다고 몇 잔을 마셨다고 했다. 엄마도 그놈에게 당했구나.(데킬라에 데여본 기억, 술 마시는 사람들 한 번쯤은 다 있지 않나?)

엄마는 어제 죽는 줄 알았다고, 이제 다시는 술을 마시지 않겠다고 했다. 모든 술꾼이 과음한 다음날에는 그렇게 말하기 나름이니 흘려들었지만, 엄마는 달랐다. 엄마는 술꾼이 아니었으니까. 엄마는 정말 다시는 술을 드시지 않았다.

엄마와 함께 술을 마시는 즐거움은 아쉽게도 한 번으로 끝났지만, 그래도 그 이후 술 취한 자식들을 바라보는 눈길이 조금은 달라졌으니 그걸로 만족했다.

얼마 전 친정에 들렀는데 아버지가 안 계셨다. 이때다. 술로 가득 찬 창고 방으로 얼른 들어갔다. 뭐 털어먹을 술 없나 살펴보고 있는데 이번에는 아버지 대신 엄마가 쫓아 들어온다. 내가 이것저것 술병을 들어 올리며 살펴보고 있으니 엄마가 물어본다.

"왜, 안 서방 가져다주게? 안 서방 술 많이 마시니?"

"응? 웬 안 서방. 그 사람 술은 그 사람이 알아서 하면 되지 내가 왜. 나 마실 거 없나 보는 거야."

별생각 없이 말했다가 오랜만에 으이그, 으이그 연발에 등짝 스매싱을 맞았다. 왜 사위는 마실 거라고 생각하면서 딸은 마실 거라고 생각을 못 하는가. 엄마는 그새 내가 누구인지 까먹었나. 애 낳았다고 내가 어디 가나. 엄마는 너 아직도 술 마시냐고 잔소리를 시전하기 시작했다.

"당연하지. 엄마, 나 아직 한창 술 마실 나이야. 아버지 사십 대 때를 생각해 봐. 그때 제일 잘 마시지 않았어? 내가 딱 그 나이인데 뭘 벌써 술을 안 마셔."

항변하는 내 이야기에 엄마가 잠시 지긋지긋하다는 듯이 쳐다보았다. 금방이라도 그놈의 술이라는 말이 나올 것 같은 표정이다. 엄마가 그렇게 쳐다봐도 나는 꿈쩍하지 않는다. 엄마가 그렇게 나와도 나는 엄마가 술 앞에서 즐거워하며 웃던 얼굴을 아직 기억하고 있다.

10

이상하다,
술은 기호 식품이라는데

"분명 기호 식품이라는데,
'기호 식품'이라고 말하는 것치고
정말 기호를 존중해 주는 걸 못 봤다."

나는 털이 많다. 좋은 유전자를 많이 가진 엄마에게서 하필이면 털이 많은 걸 받아 왔다. 엄마는 매번 "나이 들면 털 없어진다."라고 나를 위로했지만, 그것보다 나를 위로해 주었던 말은 "미인들이 털이 많다더라."라는 말이었다. 그렇게 나 좋을 대로, 털이 많은 나는 미인이 되었다. 사춘기 전에는 남자애들보다 콧수염이 많던 미인, 남자애들이 콧수염 났다고 놀릴 때도 꿋꿋하던 미인이 말이다.

여자가 가져야 할 것과 남자가 가져야 할 것이 나뉜 세계, 좋아하는 것들도 그것에 맞춰야 한다. 그중에는 기호 식품이라고 말하는 것들이 있다.

길에서 담배를 피우다가 뺨을 맞은 여자를 본 적이 있다. 이십 대 시절, 집에서 나와 마을버스를 타러 가는 길, 싸움이 났나 싶게 큰소리가 나기에 쳐다보았더니 사십 대 정도로 보이는 아저씨가 내 또래의 여자에게 소리를 지르고 있었다. 무슨 일이지 호기심이 동했던 순간, 아저씨는 그대로 여자의 뺨을 내리쳤고 나는 나도 모르게 악 소리를 질렀다. 여자의 손가락 사이에는 아직 꺼지지 않은 담배 한 대가 끼어 있었다. 대화(그걸 대화로 볼 수 있을지는 모르겠지만)의 내용으로 봤을 때 둘은 방금 처음 본 모르는 사이였고, 아저씨가 다짜고짜 폭력을 휘두른 이유는 여자가 담배를 피워서였다.

벌써 이십 년이 지난 그때의 일은 그 당시에 그리 센세이션한 일이 아니었다. 센세이션에 걸맞은 사람은 모르는 사람을 때린 아저씨가 아니라 길에서 담배를 피는 여자였다. 당시 여자들이 시비와 폭력을 피해 담배를 필 수 있는 곳은 술집이나 노래방 같은 곳밖에 없었다. 그래서 담배 피우는 친구들은 그런 데만 들어가면 참았던 담배를 몰아서 피워댔다.

그때도, 지금도 담배는 기호 식품일 뿐이다. 기호 식품이라는 말에 어디 성별이 포함되어 있던가. 차라리 대놓고 담뱃갑에 "여자는 피지 마시오."라고 써 놓던가. 요즘에야 길에서 담배 피운다고 뺨을 맞진(정말 그런가? 아마도?) 않지만, 그래도 여전히 눈으로 공격하는 사람들이 있다. 술도 마찬가지다. 분명 기호 식품이라는데, '기호 식품'이라고 말하는 것치고 정말 기호를 존중해 주는 걸 못 봤다.

권여선 작가의 『오늘 뭐 먹지?』를 보면 이런 이야기가 나온다. 순댓국집에서 순댓국에 소주를 시켜 혼자 마시는 여자에게 "쏟아지는 다종 다기한 시선들"에 대한 이야기가. 그나마 여자들의 혼술이 자연스러운 공간은 와인 바 정도일 거라는 쓸쓸한 말을 곁들이면서 말이다.

혼술을 좋아하던 시절에 나도 바나 호프 한구석에 앉아 술을 마셨다. 바에서는 적절한(?) 곳에서 혼술을 해서인지 책에서 말한 것보다 적은 시선을 느꼈다. 그러나 집 앞에 있어 종종 갔던 호프집에서는 눈에 띄지 않게 짱박혀 안주 많이 술 많이, 텅텅 비어 있는 곳의 매출에 도움이 되도록 시켰건만, 갈 때마다 사장님이 눈으로 참 많은 말을 해댔다. 눈으로 말을 할 수 있던 당신, 대단하다.

시선 공격으로만 끝나면 매우 불쾌하기는 하지만 그나마 다행이기는 하다. 대학교 때 돌려 까는 말로 공격을 받았던 때의 감정에 비교하면 말이다. 나에게 말로 돌려 까기 기술을 시전한 사람은 다름 아닌 교수였다. 그것도 수업 시간에.

그 교수가 가르치던 수업은 현대 문학 이론이었는데 하필 내게 주어진 발표 과제가 '문학에서의 여성성'이었다. 처음 과제 제목을 보고 이게 뭔 개소리야 싶었지만 그래도 과제니 헛소리라도 적어 발표했다.

그 헛소리는 기억이 1도 안 나지만, 교수가 평소 눈엣가시처럼 여기던 나에게 다른 동기들에게 한 것과는 180도 다르게 질문을 가장한 공격을 했다는 건 또렷하다.

온갖 거지 같은 말을 늘어놓았던 교수의 말을 짧게 일축하자면, "너 같은(자신이 생각하는 여성성과 거리가 먼) 여성이 네가 생각하는 바람직한 여성성의 모습이냐.”였다. 그 사람은 내가 '보통의 여성성을 가진 여성'과 다르다는 이유만으로 나를 싫어하고 공격했다.

지금의 나라면 교수의 턱주가리를 잡고 도리도리 쥐 흔들어 줬을 텐데. 그래 봤자 스물한 살 정도밖에 되지 않았던 그때의 나는 얼굴이 새빨개진 채 아무 말도 하지 못하고 벌서듯이 교탁 앞에 서 있었다.

그 교수가 좋아하는 여성성은 예전 60, 70년대 문학에 멈춰 있었다. 얌전하고 순응적이면서도 도발성을 지닌, 하나의 인간이라기보다 남자들의 뮤즈가 되어 주는 그런 여성 말이다. 그는 그렇게 강의를 통해 자신의 취향을 보여 주고는 했다.

그 교수와는 학교를 다니는 내내, 아니, 졸업 후에도 종종 부딪혔다. 왜 그렇게까지 나에게 날을 세웠을까. 털이 숭숭 팔다리에 잔뜩인 주제에 면도를 안 하고 다녀서였을까. 젠장, 예쁜 동기들만 골라 좋아하는 티 팍팍 내던 그 교수가 나도 털 많은 미인이라고 봐 줄 줄 알았는데 그건 아니었나. 그 털과 미인에 대한 믿거나 말거나도 그 세대 사람들한테 흘러나온 건데

104
105

그 교수는 말거나 쪽이었나 보다.

싫은 소리들, 싫은 눈길들을 벗어날 방법은 없는 걸까. 혹시 나이를 더 먹으면 될까. 누가 봐도 자식들이 장성했을 나이, 그 나이가 되면 아마 나는 아무것도 하지 않아도 모성의 표상이 되어 무엇을 해도 지금보다야 용납될 사람이 되겠지. 그렇지 않더라도 그런 소리나 눈길 따위에 흔들리지 않을, 그 무엇이 되어 있겠지.

아직 그만한 나이는 아니지만, 그래도 한마디쯤은 할 수 있는 되바라짐은 길렀다. 남들에게 "괘씸함을 넘어선 적의"*를 뿜는 자들이여, 정신 차려라. 당신네 인생에나 신경 써라. 이제 나도 내 인생에나 신경 쓰자. 털이 여전히 보숭숭 난 나는 술이나 마시련다.(그나저나 엄마, 제 털은 언제 다 없어지나요?)

....

* 『아무튼, 술』 중, 술 마시는 여성을 시선으로 공격하는 내용에서 쓴 표현.

11

주종은 가리지 않지만
몸은 사립니다

- -

"그러나 함정은 육아에는 쉬는 날이 없다는 것!
빨간 날로, 토요일로, 일요일로.
변명은 통하지 않는다."

라면, 스파게티 소스, 과자, 참치 캔 따위를 다 고르고 나면 아이는 알아서 카트를 밀고 '그곳'으로 간다. 우리가 마트에 가면 매번 가는 그곳, 남편과 머리를 맞대고 심각한 상의를 하게 되는 그곳, 바로 술 코너 말이다.

오늘 주종은 뭐로 할까, 당도가 있나 본데 우리 스타일은 아니다, 오! 우리가 좋아하는 술 시리즈가 나왔네. 둘이 술병을 들었다 놨다 하며 온갖 의견을 주고받는다. 같은 취미를 가진 사람끼리의 대화는 참 재미지다. 부모가 재미진 대화를 하는 동안 아이는 옆에서 마트 CM송에 맞춰 춤을 추고 있다.(쟤 누굴 닮아서 저리 흥이 많을까.)

남편도 나도 가리는 술이 없어서 술 코너에 가면 고민할 게 참 많다.(단, 맥주는 상의할 필요 없이 기계적으로 네 캔짜리를 두 개 집어 카트에 넣는다.) 냉장고에 소주가 있던가? 없던가? 없을 수 있는 일말의 가능성이 있다면 일단 카트에 담는다. 오늘은 얼음에 병째 담가서 차갑게 청주나 사케를 마셔 볼까. 아니다. 오늘은 이쪽이 아닌 것 같다. 양주 코너에서는 위스키, 테킬라, 보드카를 살펴보다가 충동적으로 보드카를 한 병 챙긴다. 오늘 마실 건 아니지만 이렇게 당길 때 쟁여 줘야지. 와인? 와인은 다음에.

한때 와인도 많이 마셨지만 요즘엔 와인 코너보다 전통주들이 모여 있는 코너에 더 오래 서 있는다. 요즘 우리나라의 크고 작은 술 공장에서 무슨 일이 벌어지는지 모르겠지만 참 바람직하다. 맛있고, 예쁘다. 전통주는 인터넷으로도 살 수 있지만 그래도 마트에서 만나면 반가워 자꾸 집어 오게 된다. 오늘도 전통주 중에 '서울의 밤'을 오늘의 술로 간택했다.

술과 어울리는 안주까지 사서 집으로 돌아온 뒤, 우리는 식탁 위에 마트에서 공수해 온 술과 안주를 깔아 놓고 우리만의 서울의 밤을 시작한다. 술을 고를 때는 술 욕심 때문에 술 코너를 다 집으로 옮겨 오고 싶은 마음이 들지만, 정작 식탁 위에 놓인 술병은 그리 많지 않다. 믿기 힘들겠지만, 나는 술을 마실 때 어느 정도 몸을 사린다. 물론 간혹 과음을 하는 날도 있기는 하지만 웬만해서는 적정량을 마시려고 한다.

남편은 나이 생각에 그러지만 나는 아니다. 술에 있어서 지금의 나는 오히려 젊었을 적의 나보다 쌩쌩하다. 술자리에 있던 누구보다 제정신이었지만 다음 날 학생회실 소파와 한 몸이 되어 초록색 토를 쏟아 내던 이십 대 때와 달리, 지금은 다음 날 물, 잠, 똥의 숙취 해소 삼종 세트만 해 주면 멀쩡하다. 의료계에서도 검증해 주었다. 이 년마다 꼬박꼬박 받는 건강검진 결과를 보면 오랜 술 생활에 비해 내 간도, 위장도 아직 괜찮은 편이다.

그런데도 과음을 잘 하지 않는 이유는 내 술 인생에서 달라진 변수 때문이다. 아이를 돌봐야 하는 것. 아이를 조금 늦은 나이에 낳은 덕분에 나는 아이를 한창 돌볼 시기에 마흔을 맞이했고, 그래서 사십 대의 내게는 '아이 엄마'가 주된 롤이 되었다. 그러다 보니 술을 마시면서도 내일을 생각하게 된다. 회사를 다닐 때 중요한 이슈가 있는 날 전에는 술을 조심하거나 마시지 않았던 것처럼 내일의 이슈, 즉 육아를 생각한다. 그러나 함정은 육아에는 쉬는 날이 없다는 것! 빨간 날도, 토요일도, 일요일도. 변명은 통하지 않는다. 월경이라 휴가를 낼 수도, 아프다고 병가를 낼 수도 없다.

술 마신 다음 날 나들이라도 가기로 약속되어 있다면 그건 정말 큰 낭패다. 삼종 세트 중에 겨우 하나 해결한 상태로 나갈 준비를 하는 것만으로도 힘든데 차까지 타야 한다니. 그렇지 않아도 멀미가 심한 편인데 숙취까지 얹히면……. 차에서 내린다고 해서 쉴 수 있는 것도 아니다. 목적지에 도착하면 얄짤없이 달리기 시작하는 아이와 함께 뛰어야 하니까.

그런 날에는 정말 나들이고 뭐고 하루 종일 이불 안에서 나오기 싫지만, 도저히 나는 빼놓고 가라고 말할 수 없다. 분명 함께 술 마셨음에도 너무나 멀쩡한 남편이 아침 내내 뻗어 있던 나를 못마땅하게 쳐다볼 텐데 어떻게 그 말까지 할 수 있으랴. 남편이 쏘아 대는 무언의 압박을 이겨낼 자신이 없다.(아, 이래서 내가 친

구들이 남편들 술 마시는 걸 투덜거리면 자꾸 남편들 편을
들어 주는 건가!)

술을 많이 마셔도 다음 날 멀쩡할 것, 아이를 챙길
것, 매일 돌아가는 살림을 돌볼 것. 이게 요즈음 나의
롤이다. 처음에는 술만 마시면 나오는 흥에 취해 에헤
라디야 놀다가 다음 날 남편의 눈빛 레이저에 몸이 지
져지기도 했지만, 이제는 익숙해졌고 덕분에 몸도 건
강하다. 모든 것에는 좋은 점도, 나쁜 점도 있다더니
정말 그런가 보다.(투덜거리는 걸로 끝내지 않고 긍정주
의로 결론 내리는 나, 기특한데!) 만약 이 롤이 아니었
다면 지금도 이십 대 때처럼 몸이 엉망이었을지도 모른
다. 아니, 모르는 게 아니라 그게 맞겠지. 그래서 술을
꾸준히 마시면서도 나름 건강하게 살고 있는 거겠지.
이렇게 아이가 효도를 한다.

사람은 가리지만 주종은 가리지 않는다. 주종은 가
리지 않지만 몸은 사린다. 덕분에 남은 생 동안 얇고
길게 많은 주종들을 골고루 잘 마실 수 있을 것 같다.

12

나는 왜 친구의
남의 편의 편을 드는가

"여성의 연대는 공감에서 시작될 텐데,
나는 글러 먹었다."

친구와 사는 곳이 멀어지니 만남은 적어지고 전화 통화는 길어진다. 긴 이야기 끝에 내게는 선배이기도 한 친구 남편 근황을 물었더니 친구는 한숨부터 크게 쉰다. 한숨에서부터 친구가 무슨 이야기를 할지 느낌이 온다. 여전히 술 많이 마시냐는 물음에 친구는 푸념을 늘어놓는다.

"몇 시에 들어온다고 말이나 하지 말지. 맨날 장담해 놓고 새벽에 들어온다니까. 연락이나 제대로 하든가. 술 들어가면 전화도 안 받는다."

술이라는 게 원래 그렇다. 술집에 들어갈 때 마음과 들어가서의 마음이 같을 수가 없다. 분명 친구 남편도 처음부터 아내에게 거짓부렁으로 귀가 시간을 말한 건 아닐 거다.

"에이, 술 마시다 보면 그럴 수 있지. 1차 가면 2차 가고, 2차 가면 3차 가고, 뭐 그런 거지. 마시다 보면 전화에 신경도 못 쓰게 되고. 넌 뭐 술 안 마셔봤냐?"

너도 예전에 한 술 하지 않았냐며 나도 모르게 옆에 있지도 않은 상대 편을 들어주고 있다. 내가 대체 왜 이러는 걸까. 쓸데없이 감정 이입하다가 대꾸하는 친구 반응을 보고 분위기가 짜게 식은 걸 눈치챘다. 여성의 연대는 공감에서 시작될 텐데, 나는 글러 먹었다. 뒤늦게라도 전화 안 받는 건 너무했다고 수습하려고 애써 본다. 괜히 오버해서 감정 이입해서 그렇지 술 좋아하는 사람이, 그래서 잘 취해서 들어오는 사람이 온다는 시간에 오지도 않고, 전화도 안 받으면 기다리는 사람 처지에서는 걱정될 수밖에 없다. 내 마음이 전해졌는지 친구는 나의 도발을 용서하고 이야기를 이어간다.

　친구는 술 마시는 날도 못마땅하지만 다음 날이 더 못마땅하다고 그런다. 술 마셨다고 늦게까지 뻗어 자고 있는 꼴을 보면 울화가 치민다고 했다. 자기는 아이 밥도 먹이고 청소까지 했는데 도와주기는커녕 방 하나 차지하고 자고 있어서 청소도 마저 못 한다고 하면서 말이다. 왜 나는 그 이야기를 듣는데 남편이 청소하는 모습이 생각났을까. 내가 지금 청소할 몸이 아닌데 옆에서 사부작사부작 청소를 시작하면 나야말로 울화가 치밀었다. 아니, 왜 하필 지금 청소를 하느냐 말이다. 안 하던 청소를, 왜, 하필, 지금! 안 하던 청소라면 안 하면 되고, 하던 청소면 맨날 하는 거 그거 좀 늦게 하면 안 되나. 갑자기 친구 말고 친구 남편과 통화하고 싶어졌다. 할 수 있는 말이 더 많을 것 같은데.

"그런데도 계속 자고 있으면 어떻게 해?"

"깨우지. 내가 안 깨우면 애가 가서 깨워."

친구가 자신과의 약속을 깨 버리고 늦게까지 술을 마신 결과로 다음 날 뻗어 버린 남편이 괘씸해서 그러는 거라는 건 안다. 하지만 평일도 아니고, 주말에 늦잠 자지, 대체 언제 잔단 말인가. 맨날 그러는 것도 아니고 좀 자면 안 되나. 그렇지 않아도 아침잠 많은 사람이 술까지 먹었는데 얼마나 힘들지 상상이 안 되는가. 아침잠 많은 건 어떻게 아냐고? 친구가 자기 입으로 말해 준 정보인데 정작 친구는 잊고 나만 기억하는 건가 보다.

　이건 우리 남편도 마찬가지다. 아이를 낳기 전에는 주말에 절대 열한 시 전에 일어나지 않던 나를, 그것도 어젯밤 늦게까지 술 마셔서 힘든 나를 기어코 아홉 시 반만 되면 깨우고 마는 남편아, 대체 왜 날 그렇게 깨우는 거냐. 내가 늦잠 자는 꼴이 그리도 보기 싫더냐. 나는 당신이 간혹 늦잠 자는 주말이면 깨우려는 아이를 말린단 말이닷! 이 아내의 깊은 속을 아는지 모르는지. 아, 맞다. 지금 친구와 통화 중이었는데 자꾸 멀리 간다. 흠흠.

　"있잖아. 술 마시고 괜히 일찍 일어나면 술이 안 깨서 하루 종일 힘들어. 잘 때 쭉 자 줘야 술이 빨리 깨서 가족과 주말을 상쾌하게 보내지."

　이건 진짜다. 조금만 더 이어서 자면 딱 술이 깰 수 있는데 그게 부족하면 그 시간의 몇 곱절은 몽롱한 채로 헤매게 된다. 친구도 분명 그걸 아는 사람이었는데, 이제는 다 까먹어 버렸나 보다. 아니, 괘씸죄로 그런 이유 따위는 보이지 않는 걸 수도.

"이상한데. 나 지금 누구랑 통화하는 거지. 너 혹시 내 남편이냐?"

어라, 친구도 똑같이 느끼고 있었다니. 난 친구 이야기를 들으며 내 남편인가 하고 있었는데 친구는 내 딴지를 들으며 자기 남편을 생각하고 있었나 보다. 그러면서 말을 덧붙인다.

"딱 내 남편이 하는 말인데. 좀만 더 자면 술 깨는 데 깨운다고 구시렁거리는 그 소리인데."

"아니, 그게 진짜 그렇다니까. 내가 딱 그 마음으로 속으로 엉엉 울면서 일어난다. 진짜 좀만 더 재워 줘. 주말마다 계속 그러는 건 아닐 거 아니야?"

나의 징징거림에 친구는 그건 네 남편에게 말하라고 정리를 시켜 버린다. 쳇. 대리만족이라도 좀 해 보려고 했더니 차단되어 버렸다. 친구는 하던 이야기를 이어간다. 그나저나 의사 진행 방해자의 활약에도 참 끈질긴 근성을 가졌다. 대단하다, 친구여.

어떻게 어떻게 일어나도 정신 못 차리고 자꾸 또 누우려고 하고, 애랑 밖에 안 나가려고 하는 건 둘째 치고, 하다못해 애랑 집에서 게임도 안 해 주려는 행태에 대한 불만이 이어졌다. 아, 나 이것도 할 말 있는데 할까 말까. 그러니까 아침에 좀 더 재워 달라고, 한 시간 정도만 더 자면 멀끔하게 일어나서 바깥에서 막 뛰어다닐 수 있다니까. 답답~하네~. 그런데 대화를 하다 깨닫는다. 내가 이 대화를 친구 남편인 선배와 해서 속풀이라도 하든지, 또 다른 선배인 내 남편과 해서 합의점이라도 찾든지 하는 게 낫겠다는 사실을 말이다. 친구도 그렇다. 푸념도 제대로 먹히지 않는 남편의 심정적 대리자와 아무리 이야기해 봤자 바뀌는 건 없을 테니 말이다.

그렇게 전화 통화는 아무런 소득 없이 끝났다. 아, 생각해 보니 없지는 않다. 오랜만에 선배와 통화를 해 봐야겠다는 생각, 선배로서가 아니라 친구 남편으로서의 처지에 대해 썰을 풀자고 전제를 깔고 대화를 해 봐야겠다는 생각, 그리고 친구에게 동병상련으로 푸념이 통할 상대로 내 남편을 추천해 줘야겠다는 생각은 건졌다.

술 안 마시는 친구들아, 아니, 술 마셔도 다음 날 맨날 멀쩡한 사람들아, 맨날 그러는 것도 아니니까 가끔은 제발 좀 놔둬 줘라. 가끔은 그렇게 늦게까지 술을 마시기도 하고, 가끔은 다음 날 오전에 푹 자고 싶기도 하단 말이다. 그렇게 풀고, 또 비축해야 멀쩡한 척 하루하루를 살 수 있지 않겠는가. 제발, 제발…… 아, 실은 가끔이라는 게 생각보다 자주일 수는 있다. 그러니까 친구도 푸념을 시작했겠지. 그러면 어젯밤 과음 때문에 힘든 날들 중, 어쩌다 한 번씩만 봐주면 안 될까. 술 마신 사람도 실은 속으로 엄청 미안해하고 있단 말이다. 어제 내가 왜 그렇게 달렸지 후회하고 있단 말이다. 그렇게 무섭게 쳐다보지 않아도, 말로 뭐라고 하지 않아도, 앞에서 그렇게 한숨 쉬지 않아도 다 알고 있단 말이다.

내 말은 그러니까, 좀 봐 달라고. 나쁜 쪽으로 마일리지 쌓았다가 또 한 방에 허물어뜨리는 그런 날도 있으니까 함께 사는 거 아니겠어? 그렇지? 아닌가? 그렇다고 해 줘!

13

실내 자전거와
맥주와 코로나와
개이득의 시간

"온돌이 나처럼 동글동글해진
저 곰탱이는 누구인가."

아이가 잠들고 난 시간, 냉장고 문이 열리는 소리가 들린다면 그건 백 퍼센트다. 이제는 서로 오늘 술 먹네 안 먹네 이런 말하기도 귀찮다. 냉장고 문이 열리면 아, 저 양반 또 맥주 꺼내네, 맥주가 몇 개 남았더라 할 뿐이다. 그러면서 은근한 승리감에 도취된다. 반면 내가 냉장고 문을 열고 있고, 남편이 또 술 먹냐 하는 표정으로 쳐다보면 뭔가 진 것 같다.

언젠가부터 우리 부부는 서로 보고할 필요 없이 각자 술을 마시기 시작했다. 상대가 술을 마시거나 말거나 술을 마실 거기에, 나 오늘 술 마실 거라고 말하는 게 피차 귀찮아졌기 때문이다. 매번 이야기하기엔 우리는 너무 자주 술을 마셨다.

그렇게 우리는 보통 냉장고 문을 여는 소리로 서로의 일정을 파악하지만, 요즘 들어서는 그 전에 미리 일정을 알게 되는 곳이 있다. 바로 실내 자전거가 있는 베란다다. 아이 저녁밥 먹이고, 설거지하고, 자전거 돌리고, 씻고, 아이 재우고, 맥주 마시면 딱인 코스인데 어라, 내가 생각한 딱 그 시간에 남편이 슬렁슬렁 베란다로 간다. 안 돼~! 급한 거 아니면 나 먼저 하자, 실랑이가 벌어진다. 다행히 대부분의 경우 남편이 아이 등교 때문에 더 일찍 일어나는 내게 양보해 주지만, 그때마다 엎치락뒤치락 장난이 아니다. 이게 다 코로나 때문이다.

코로나 전에 남편은 헬스를, 나는 복싱을 다녔다.(복싱은 비록 3개월밖에 안 다닌 초보지만, 꼭 복싱을 다녔다고 쓰고 싶었다. 실은 나도 헬스파다.) 둘 다 운동을 쉬지 않고 하는 편이었고, 특히 남편은 나와는 비교가 안 되는 운동 마니아여서 나름 복근도 가지고 있던 사람이었다.(그렇다, 과거형이다.) 남편은 늦은 나이에 낳은 아이를 위해 건강하게 늙고, 건강하게 마시려고 운동한다고 했다. 그에 반해 나는 미래는커녕 이거라도 안 하면 살 수 있을까 의심되는 현재의 내 비루한 몸뚱이를 위해, 빡세게는 아니더라도 지속적으로 운동을 해 왔었다. 그런데 코로나가 다 망쳐 놨다.

우리 부부는 실내 자전거를 미친 듯이 돌린다. 술을 마시기 위해서. 그러니 배가 들어갈 리가 없다. 술을 마시지 않는 간혹의 날에도 잊지 않고 돌리지만 실내 자전거만으로는 우리의 먹부림을 이겨 낼 수 없다. 아이는 요즘 남편이 누워 있기만 하면 쫓아가 예전과는 다르게 위로 솟아 있는 아빠 배를 두들긴다. 북소리가 난다며 깔깔거리며 좋아한다. 자기 남편과 달리 몸 관리 잘한다고 주변에서 부러워하던 그 날씬했던 사람은 어디로 갔는가. 온몸이 나처럼 동글동글해진 저 곰탱이는 누구인가.

작년 초, 아이의 유치원 졸업식을 못 보게 되었을 때도, 아이가 9월에 내 생일 파티는 할 수 있겠지 물을 때도 이럴 줄 몰랐다. 당연히 9월이면 괜찮지, 아이에게 말했지만 아이의 생일 파티는 작년에도, 올해에도 하지 못했다. 코로나가 지금껏 겪은 다른 전염병들과 다른 양상임을 깨닫자 사람들은 동요했고, 다양한 형태로 반응했다. 우리 아파트에 그때 당시 뉴스에

떠들썩하게 나왔던 확진자가 산다는 소식을 듣고 어찌나 놀랐던지. 아이와 나는 엘리베이터도 타지 않았다. 초등학교에 입학한다고, 설레어하며 기다리던 아이는 정작 학교를 몇 번 가지도 못했다.

잠깐이라고 생각했던 시간이 길어지면서 아이가 서너 살 때 느끼고 안 느꼈던 육아 스트레스가 돌아왔다. 몇 날 며칠, 아니, 몇 달을 하루 종일 사랑하는 아이와 찰싹 붙어 있으니 얼마나 행복할까마는, 현실은 자꾸 커지는 내 목소리에 행복이 저 멀리 도망쳐 버렸다. 도를 닦는 마음과 간절히 고독해지고 싶은 마음이 마구 자라나는 시간들이었다. 그런데 건강을 위해 술을 안 마신다고? 어떻게? 마시는 재미라도 있어야지?

늘어나기만 하는 음주 횟수에 오늘도 맥주캔을 깔까 말까 고민할 때면 지인의 말이 떠오른다. "이 시국에 술이라도 안 마시면 어떻게 버팁니까!" 그 말이 어찌나 큰 위안(합리화)이 되던지. 아이도 통쾌한 한마디를 보태 준다. "먹고 싶으면 먹어!"

그래서 오늘도 술을 마신다. 남편도 술을 마신다.

둘 다 맥주를 까는 날이면 척척 알아서 준비한다. 각자 먹고 싶은 안주를 준비해 각자의 공간에 자리를 잡고 각자 넷플릭스와 유튜브와 함께하는 시간을 갖는다. 서로 준비한 안주는 품앗이를 해 준다. 대부분 내 안주는 남편이 원하지 않고, 나는 남편의 안주도 언제나 콜이다. 개이득이다. 보통 나보다 한 캔을 먼저 비우는 남편이 냉장고에 술을 가지러 나온다. 그러면 냉장고 바로 옆 식탁에 앉아 있던 나는 남편에게 말한다. 여보, 나도 술 좀. 남편은 으이그 하면서도 술심부름을 착실하게 하고 부족한 안주를 준비한다. 먹을 테냐? 오냐오냐. 이런 날에도 남편이 예쁘다. 줄어든 티셔츠 아래로 뱃살이 쏙 튀어나와 어찌 보면 통통하고 귀여운 꼬마 아이 같기도 하다. 꼬마 아이가 들으면 어이없을 때 하는 핫핫핫 호탕한 웃음이 나올 말이다.

14

임신하면
술 생각이
사라지나요

"한 해의 여름 중 열대야의 밤은 왜 이렇게 긴가.
참을 수 없는 밤은 왜 이리 자주 오는가."

이게 그렇게까지 놀랄 일인가 싶게 세 남자는 심각한 얼굴로 나를 바라보았다. 방금 나는 소주잔을 뒤집어 놓으며 오늘은 술을 마시지 않겠다고 말한 참이었다. 테이블 위에는 샤브샤브 육수가 보글보글 끓고 있었고, 육수에 채소를 넣고 있는 나에게 친정 오빠들과 남편은 어디 몸이 안 좋은 거냐고 질문을 퍼부었다.

몸이 안 좋은 것과는 달랐다. 술 마신다고 칠렐레팔렐레 신나 있던 나를 멈추게 한 건 한 번도 경험하지 못한 종류의 느낌이었다. 일순간 온몸을 통과해 지나간 이상한 전율 같은 느낌. 그게 술 앞에서 나를 멈추게 했다. 이게 뭘까 머리가 복잡해졌지만, 곧 별거 아닐 거라 생각하며 일시 정지를 풀고 술잔을 들었다. 그때는 그게 임신 전 마지막 술자리일 줄 몰랐다.

그 술자리가 있고 몇 주 후 산부인과를 찾았다. 월경 예정일이 지나도 월경을 하지 않아서였다. 혹시나 하는 생각에 찾은 산부인과에서 임신이라는 이야기를 듣고 바로 직전의 술자리가 떠올라 심장이 덜컥거렸다. 초조한 마음으로 의사에게 술 마신 이야기를 했더니 그때는 너무 초반이라 괜찮다고, 그리고 임신인 걸 모르고 술 마신 건 괜찮으니(아마 어쩔 줄 몰라 하는 나를 안심시키려 한 말이었으리라. 사실 여부와 관계없이 참 감사했다.) 걱정 말라고 했다. 그 말에 겨우 마음이 놓였다. 그러나 안심도 잠시, 나는 그때부터 임산부로서 강제 금주를 시작했다.

임신 전에는 병원에서 술 마시지 말라는 당부를 받아도 며칠을 못 참고 술을 찾아 홀짝거리던 나였는데, 이번에는 달랐다. 신기하게도 술을 마시지 않아도 아무렇지 않았다. 마시면 안 된다는 강력한 주문이 발동되어서였을까. 기분이 바닥을 치거나 몸이 아파서 드러누워 있는 정말 가끔의 경우가 아니면 무조건 술을 마셔야 했던 주말에도, 그런 주말에 남편이 혼자 술을 마시는 걸 보아도 아무렇지 않았다. 이것이 모성인가. 나 좀 대단한가. 남편에게 아이를 가진 나의 놀라운 변화를 보라고 으쓱대며 설레발을 쳤다. 그 마음이 열 달 동안 지속되었다면 참 편했을 텐데, 그때만 해도 가혹한 여름밤을 생각하지 못하고 있었다.

에어컨을 끄면 바로 땀방울이 등을 타고 흘러내리는 뜨거운 열대야의 밤, 나는 그때 만삭 같아진 여덟 달 된 배를 끌어안고 있었다. 임신이라는 게 생각지 못한 부분에서 어택이 들어온다는 건 임신 초중반의 시간을 겪으며 알고 있었지만, 더위? 더위는 상상도 못 했다. 몸이 커지는 만큼 느끼는 더위가 이리 살벌해질 줄이야. 땀 흘리는 남편 옆에서 냉방병 걸릴 것 같다고 에어컨을 끄던 내가 에어컨 바람이 나오는 곳 앞에 얼굴을 대고 붙어 있었다. 에어컨 앞에 있어도, 찬물로 샤워를 해도 껍데기만 시원해질 뿐 속은 여전히 펄펄 끓는 느낌이 들었다. 시린 이 때문에 멀리하던 얼음물을 입에 물고서, 나는 먹어서는 안 되는 '그것'이 간절하게 떠올랐다.

남편이 옆에서 술을 마셔도 쿨하던 나는 그렇게 사라졌다. 놀라운 모성을 지닌 예비 엄마도 사라졌다.

맥주 한 캔, 그것만이 내 더위를 없앨 수 있을 거라는 근거 없는 믿음이 아이와 함께 자라났다. 여름이면 숱하게 나오는 맥주 광고를 예전처럼 스쳐 지나갈 수가 없었다. 맥주 따르는 장면만 보면 멈춰서 하얀 거품이 크림처럼 생겨나는 걸 넋이 나가 보고 있었다.

다 아는 맛 때문이다. 땀이 찝찝하게 온몸을 뒤덮는 더위에 이가 시릴 정도로 차디찬 맥주를 벌컥벌컥 마시면 머리까지 찌릿찌릿해지는 그 시원함! 원래 아는 맛이 더 무섭다고, 그 무서운 맛을 자꾸 떠올리게 되었다. 더위를 곱절로 느끼는 시기가 왔는데, 왜 나는 그 맛을 느낄 수 없는가. 가까이하기엔 너무 멀어져 버린 그대여! 만날 수 없는 사이가 되고서야 그대의 소중함을 알아 버렸도다. 남편이 옆에서 그대를 딸 때마다 나는 그대를 잊지 못하고 쿠션에 얼굴을 파묻고 하울링을 하는구나!

이 괴로움을 해결할 가장 좋은 해결책은 곧장 냉장고로 달려가 물기가 살짝 맺힌 맥주 캔을 따는 거겠지만, 그렇다고 임산부가 진짜 맥주를 마실 수도 없는 일. 커피처럼 한 잔씩은 괜찮으면 얼마나 좋을까. 이건 정신 건강에도, 태교에도 좋지 않았다. 방도를 찾아야 했다. 나는 지푸라기라도 잡는 심정으로 출산 선배인 친구들을 소집해 이 괴로움을 낱낱이 고했다.

친구들은 모두 나의 괴로움을 알고 있었다. 본인들도 겪어 보았다고, 여름나기가 가장 힘들었다며 각자의 경험담을 들려주었다. 그리고 그 경험담들 중에는 내 귀에 쏙 들어오는 이야기가 하나 있었다.

"많이 힘들면 무알코올 맥주를 먹어 보는 건 어때?"

친구는 더위에 미칠 것 같은 날, 무알코올 맥주를 한 잔씩 마셨다고 했다. 전혀 상상도 못 한 아이템이었다. 물론 무알코올 맥주를 몰랐던 건 아니다. 그러나 처음 무알코올 맥주라는 게 있다는 걸 알았을 때부터 나는 그따위 게 왜 필요한가 싶었다. 맥주면 맥주고, 음료면 음료지, 맥주맛 음료라니? 이런 상품을 왜 만드나, 이걸 누가 사 먹나. 내가 그 회사 주주도 아니건만 걱정 반 시비 반의 심정이었다. 이렇게 인간이 한 치 앞도 내다보지 못하고 성급하다. 친구 말에 그

따위 것이었던 무알코올 맥주의 위상이 순식간에 격상했다.

근데 정말 마셔도 될까, 난 임산부인데. 아무리 알코올이 전혀 들어 있지 않다고 해도 마음이 가볍지는 않았다. '맥주'라는 이름에서 주는 압박감이 있었다. 어차피 알코올도 없고, 식품유형도 '탄산음료'인데 그냥 맥주맛 탄산음료, 이런 식으로 이름 붙이지. 무알코올이라고 해도 일부 사람들이 어떻게 반응할지 절로 상상이 됐다. 커피만 마셔도 난리인 사람들이 생각보다 천지삐까리이니 말이다.(무알코올 맥주 이야기를 듣고 인터넷으로 검색도 하고 주변에 넌지시 운도 떼어 봤는데, 원색적인 비난부터 은근한 돌려까기까지 다양한 반응을 볼 수 있었다.)

임신을 하면 조심해야 하는 일들이 정말 많다. 그 조심해야 하는 일들을 분류해 보면 의사가 조심하라고 한 것과 전통적으로 조심해 왔던 것, 그리고 느낌상 안 좋은 것 같아 조심하는 걸로 나눌 수 있는데, 대부분 마지막 경우 때문에 빈정 상하는 일이 많다. 나는 그렇게까지 하고 싶지 않은데 주변에서 계속 조심해야 한다고, 너는 아이를 몸에 품은 사람이라고 열심히도 알려 준다. 그러면서 스트레스 받으면 아이한테 좋지 않다고, 스트레스 받지 말라고 한다. 어쩌라는 건지.

그런 빡빡한 기준에서 보면 결국 마트로 달려가 무알코올 맥주를 집어 든 나는 아이를 위해 그까짓 것도 참지도 못하는 부족한 엄마가 된다. 임신한 여자가 그것도 못 참아? 사람들이 다양한 방식으로 내뱉는 이 말에는 너의 모성애가 의심된다는, 아이 엄마의 자격이 의심된다는 명백한 비난이 들어 있다. 모성애가 언제 느껴지는지는 사람마다 다르며, 모성애가 있다고 해서 자신의 욕구를 참아야 한다는 당위는 없다. 더군다나 이건 진짜 술도 아닌데 왜 사람들은 비난을 하는 걸까. 그런 말을 한다고 주춤할 건 아니지만, 그래도 한 번씩 사람들이 근거 없는 비난을 쉽게 내뱉는 걸 보면 욱하고 올라온다.

여하튼, 그러거나 말거나 욕구에 충실한, 그러나 기

본은 지키는(진짜 술은 마시지 않지 않은가!) 엄마는 비난은 잊고 설레는 마음으로 마트로 향했다. 말 많은 그놈의 무알코올 맥주가 어떤지 직접 경험해 보리라.

실물로 처음 영접한 무알코올 맥주는 생각보다 마음에 들었다. 0.00%*라고 쓰여 있는 부분만 가리면 일반 맥주와 그다지 다르지 않은 외형을 가지고 있었고, 탄산도 풍부하다고 하니 술 마시는 기분이 날 것도 같았다. 우선 테스트로 한 캔만 사 와 냉장고 음료 칸에 모셔 두고, 의심 반과 기대 반이 섞인 마음으로 디데이를 기다렸다.

TV 뉴스에서도, 라디오에서도, 포털 뉴스에서도 굉장한 열대야가 될 거라고 떠들썩했던 날, 드디어 기다리던 디데이의 밤이 왔다. 남편이 소파에 앉아 알코올이 든 캔맥주를 칙-하고 땄다. 나도 질세라 냉장고에서 무알코올 맥주를 꺼내 와 칙-하고 땄다. 드디어!

....

* 참고로 맥주명 뒤에 붙는 0.0과 0.00은 알코올 함량을 표시한 겁니다. 0.0은 0.05% 같이 약간이라도 알코올이 들어가 있는 맥주이고, 0.00은 알코올이 들어 있지 않은 완전 무알콜 맥주입니다.

캔을 따자마자 느껴지는 맥주 특유의 향에 감탄했다. 얼마만의 맥주인가. 비록 무알코올이지만, 그래도 이 느낌! 이 탄산! 나는 떨리는 마음으로 천천히 맥주를 입가로 가져갔다. 벌컥벌컥 마시니 맥주맛 음료의 탄산이 목구멍을 때렸다.

"뭐야, 왜 그래?"

마시기 시작할 때까지만 해도 의기양양했던 내 표정이 오묘하게 바뀌었나 보다. 남편이 괜찮아? 맛있어? 이상해? 별로야? 경우별로 물었다.

"맥주 맛이기는 한데…… 뭐랄까 좀 희어멀건하다고 할까? 밍밍하다고 할까? 벙찌다고 할까?"

이게 말이야 막걸리야. 표현력이 심하게 부족한 설명밖에 안 나왔다. 뭐라는 거냐고 중얼거리면서 남편이 내 손에 들린 무알코올 맥주 캔을 뺏어 들고 한 모금 마셨다. 그러더니 인상을 팍 썼다.

"왜, 이상해? 맥주맛 나기는 하잖아. 한 모금 더 마셔 봐. 내 큰맘 먹고 그 정도는 양보해 주마."

"너 다 마셔라. 난 됐다."

네가 내 처지 되어 봐라, 이것도 감지덕지지. 다시 남편에게서 캔을 뺏어 들고 호기롭게 마저 마셨다. 마시고 난 다음 캬~, 하는 소리도 냈다. 친구 말이 맞았다. 뭐라 설명하기 어려운 복잡 미묘한 맛이었지만 괜찮았다. 맥주 대신 마셔 보았던 우유보다, 과일 맛 탄산음료보다, 콤부차보다 괜찮았다. 맥주만큼은 아니었지만 그래도 꽤 열기가 식는 듯했다.

한 해의 여름 중 열대야의 밤은 왜 이렇게 긴가. 참을 수 없는 밤은 왜 이리 자주 오는가. 첫 테스트에서 합격 판정을 받은 무알코올 맥주는 박스로 사서 한 번씩 폭발 직전에 부어 줄 진정제로 냉장고 음료 칸 맥주 옆에 당당하게 자리를 잡아 줬다. 그리고 괴로운 밤들이 시작되면 한 캔씩 따서 아껴 마셨다. 다행히 그 정도로도 충분히 시원했다. 스트레스받지 말라는 말을 스트레스받을 정도로 듣고 사는 임산부의 정신 건강에 충분히 도움 되는 시원함이었다.

괴로웠던 8월의 열대야를 그렇게 넘기고, 여름의

끝자락에 아이를 낳았다. 아이를 낳고도 낮에는 더위가 여전해 에어컨을 달고 살았지만,(이것 봐, 아이 낳고 체질이 바뀌었다니까?) 그래도 다행히 열대야는 사라졌고, 밤이면 에어컨을 끌 수도 있게 되었다. 그리고 자연스레 무알코올 맥주와 멀어졌다.

"이거 어쩔 거야? 마실 거야?"

무알코올 맥주가 다용도실에 떡하니 자리를 차지하고 있는 꼴을 보지 못했던 남편이 하루는 진지한 얼굴로 다용도실 앞에 나를 불러 세웠다.

"음……."

"내가 봤을 때 너 이거 안 마셔. 여름도 이제 끝나가고, 이거 마실 정신도 없잖아. 그냥 수유 끝나고 알코올 맥주를 마시도록."

쉽게 대답을 못하고 밍기적거리고 있었더니 남편이 내 대답을 기다리지 않고 곧장 박스를 들어 올렸다. 그렇게 욕심부리느라 박스로 샀던 무알코올 맥주는 결국 싱크대의 이슬로 사라졌다. 정녕 무알코올 맥주를 원하는 이는 임산부 말고는 없는 것인가. 그렇다면 도대체 누가 무알코올 맥주를 마시는가. 다시금 무알코올 맥주 회사의 주주처럼 시비가 스멀스멀 기어 나온다.

　육아라는 게 음주 생활에 여러모로 불편함을 주기는 하지만 술이 원천 봉쇄되는 시기만 하겠나. 그 시간을 돌이켜 보니 무엇보다 그 시간을 지나왔다는 게 감사하다. 그래서 내가 둘째를 안 가졌나. 아이를 위해 자신이 가장 좋아하는 걸 참는 일은 임신과 출산을 거치는 여성이라면 누구나 겪는 일이겠지만, 그렇다고 쉬운 일만은 아니다. 아이를 가진다고 해서, 아이를 위해 저절로 모든 게 참아지지는 않으니 말이다. 생각보다 모성이라는 이름은 과대평가되었다.

　곧 또다시 열대야의 밤이 온다. 그 밤에 괴로워할, 얼굴 모를 임산부들을 생각하며 맥주 한 캔에도 감사하며 열심히 마셔야지. 사실 감질나는 맥주 한 캔에는 감사가 안 나오기는 하지만……. 그런데 그때는 어떻게 알코올이 든 맥주도 아닌 무알코올 맥주 한 캔에 감사가 나왔을까. 지나간 감정을 돌이켜 보며 느끼는 신기함을 오래 생각해 보지 않아도 되는 나는 이제 임신과 출산과는 멀리 떨어진(특히 술과의 관계에 있어) 자유의 몸! 감사하라! 한 번 더 감사하라!

15

우리를 부르는 한마디,
단유했다

"그때 마시는 술에는 그 시기를 통과해 낸
사람들만이 이해할 수 있는
처절한 환희와 격렬한 축하가 담겨 있다."

···

친구 호출에 여섯이 모였다. 십 년 전에 모였던 멤버 그대로였다. 십 년 전에도, 그리고 그날도 호출한 친구들은 딱 한 마디로 우리를 소집했다.

"나 단유*했다!"

그 한마디에 우리는 당연한 듯 시간을 잡고 강남으로 모였다.

임신과 출산, 그리고 모유 수유라는 긴 터널을 지나는 동안 엄마들은 자신과 아이의 건강을 위해 술을 끊는다. 그러나 아이를 낳고 기른다고 해서 몸속에서 술 생각을 지워 주는 호르몬이 막 생겨나는 게 아니다.(그런 호르몬이 있다면 얼마나 좋을까.) 술을 마실 수 없는 시간 동안 엄마들은 그야말로 이를 악물고 술의 유혹을 견뎌낸다. 그리고 그 유혹은 대개 임신했을 때보다 모유 수유를 할 때 더 간절해지는데, 그건 모유

---

* 모유 수유를 끊는 일.

수유가 생각보다 녹록지 않은 고된 일이기도 하고, 곧 술을 마실 수 있다는 희망이 눈앞에 보이기 때문이다. 그래서 엄마들이 "단유했다."고 말하면 그건 곧 술 마시자는 의미이고, 그때 마시는 술에는 그 시기를 통과해 낸 사람들만이 이해할 수 있는 처절한 환희와 격렬한 축하가 담겨 있다.

강남을, 그것도 강남의 술집을 간 건 정말 오랜만이었다. 엄마가 되고부터 나의 모든 외출 장소는 늘 아이의 놀거리가 있는 곳이었다. 번화한 곳을 간다면 아쿠아리움이나 놀이공원 정도, 강남 같은 번화가의 술집은 어림없었다. 전형적인 도시형 인간인 사람이 아이를 낳았다고 하루아침에 자연형 인간이 될 리가 없는데, 나는 엄마라는 역할에 충실하기 위해 아이를 낳고부터 산으로 들로 뛰어다니는 하이디가 되었었다.

강남. 한때 회사에 다녔고, 영화를 보았고, 데이트를 하였고, 술을 마셨던, 익숙했던 동네. 전철에서 내려 약속 장소로 가는 시간 동안 나는 예전의 도시형 인간으로 돌아간 기분이 들었다.

　가게들은 많이 바뀌었지만 분위기는 그대로였다. 달라진 건 그곳이 아니라 나와 친구들이었다. 술을 마시는 동안 나도 친구들도 남편과 아이들에게 번갈아 연락이 왔다. 당장 와, 이런 말들은 아니었지만 한결같이 대화의 끝은 "언제 와?"였다. 내 남편도, 아이도 다르지 않았다. 평소라면 엄마 곧 간다고 조금만 기다리라고 말했겠지만, 그날은 아니었다. '단유했다'는 마법 주문을 듣고 모인 우리는 적어도 그날 자정까지, 아니 자정이 넘어 신데렐라의 마법이 풀린다고 해도 그 시간을 누릴 자격이 있었다.

　"먼저 자~. 엄마 오늘 늦는다고 했지?"

　전화를 건 아이에게 한껏 친절하게 말하고, 전화를 끊자마자 술잔을 들었다. 오늘 하루만은 우리가 그냥 우리였던 때인 것처럼 떠들고 마시고 싶었다. 하지만 우리를 방해하는 건 전화만이 아니었다. 우리의 대화에는 잊을 만하면 계속 아이들 이야기가 나왔다. 다양한 연령대의 아이들을 키우다 보니 서로 신기한 것들이 많았다. 이제 모유 수유를 끊은 아이부터 대학 입시를 준비하는 아이까지, 우리는 술을 기울이며 안주 대신 아이에 대한 애정과 고민을 나눴다.

"야, 애들 이야기 그만하자."

그러다가 누군가 깨닫고 이야기를 환기시켰다. 그 순간 나는 흠칫 놀랐다. 친구들을 오랜만에 만나 나누는 이야기가 결국엔 아이 이야기라니. 아닌 척하고 싶었지만 이미 우리는 너무나도 '엄마'들이었다. 잠시 침묵이 흐르고 나서야 우리는 그간 나누지 못했던, 엄마가 아닌 나로서의 이야기를 하기 시작했다.

"한 차 더 가야지!"

"가자!"

시간이 흐르고, 안주에 맞춰 술도 딱 떨어졌고, 시간을 보며 이제 슬슬 집에 가 볼까 생각하고 있는데 한 친구가 말한다. 친구의 선창에 동의하는 친구들, 역시 술꾼들이다.

"더 마셔? 많이 마시지 않았냐?"

"뭘 많이 마셔. 이제 시작이지! 왜 이래, 이거. 술 마셔도 집에 꼬박꼬박 일찍 들어가던 습성은 여전하구나, 너."

우문이라는 걸 알면서도 던지고야 만 내 말에 친구들이 죽자고 달려들었다.

"너희랑 비교해서 일찍이지, 그게 일찍이었냐? 너희야말로 끝도 없이 마시는 습성 그대로다, 야."

친구들과 투닥거리면서도 결국엔 내가 져서 3차에 끌려가리라는 걸 알고 있었다. 그래도 집에서 기다릴 남편이 신경 쓰여 시도라도 해 보려고 친구들 뒤로 슬슬 꽁무니를 빼는데, 눈치 빠른 친구에게 그만 덜컥 잡혀 버렸다.

"야! 네가 여기에서 집 제일 가까워!"

하긴 그렇다. 다른 친구들은 모두 택시를 타도 한 시간 이상 걸리는 거리에 살고 있었다. 택시로 삼십 분이면 집에 가는 나는 바로 설득당해 친구들 뒤로 붙었다. 그렇게 술꾼과 아내, 엄마 사이에서 잠시 고민하던 나는 왕년의 술꾼들과 기어이 3차까지 갔다.

나도 친구들도 예전으로 돌아간 것처럼 한껏 들떴지만, 우리는 들어서는 술집마다 눈치 없게 눈치를 채 버린다. "우리 여기에서 제일 나이 많은 것 같아." 아니, 같은 게 아니라 맞다. 뒷자리에서 게임을 하는 이십 대 초반 남녀들을 힐끗거리며 우리도 저랬는데 하는 게 정말 늙은 티 제대로다.

　집에 가려 길을 나선 거리에서도 마찬가지였다. 거리마다 널린 술집에서 쏟아져 나오는 인파에 휩쓸리며 누군가 말했다. "야, 진짜 우리가 제일 나이 많아." 알고 있다고! 본의 아니게 제일 늙은 인파가 된 나는 인파의 물결을 견디다 못해 꼬여 있는 차들 사이에서 빈 택시를 발견하고 날름 친구들에게 안녕을 고했다. 나 먼저 탈출한다! 한밤의 택시는 미친 듯이 달려 집까지 이십 분을 끊었다.

16

아무도
궁금해하지 않는다

"답은 알고 있었다.
　내가 전업주부이기 때문이었다."

"그 정도는 사도 되지 않아요?"

별거 아닌 이 말에 나는 왜 그리 얼어붙었던가. 잠시 고장 난 사람처럼 멈춰 있다가 반문했다.

"그래도……. 되나요, 될까요?"

어리석은 질문이라는 걸 알면서도 다시 확인받고 싶었다. 그의 말이 무슨 허락이라도 되는 것처럼. 몇 달 동안 받았던 무료 심리 상담에서 나는 일 년째 갖고 싶지만 차마 지르지 못하고 검색만 해 대던 텀블러에 대해 말했다. 이야기를 가만히 듣던 상담사는 텀블러가 얼마나 하기에 그러냐 물었고, 나는 이만 원이라고 했다. 그러자 답답하다는 듯 저리 말한 거였다. 평소 내 이야기에 자기 의견을 말하지 않던 사람이었다.

그 말을 듣고서야 내가 일 년 동안 뭘 한 건지, 어떻게 산 건지, 왜 이렇게 된 건지 아득해졌다. 나는 어쩌다 이렇게 돈에 벌벌 떠는, 아니 내가 쓰는 돈에만 벌벌 떠는 인간이 된 걸까.

답은 알고 있었다. 내가 전업주부이기 때문이었다. 전업주부들이 아이와 남편 것 살 때는 척척 사면서 자기 건 못 산다고, 그래서 후줄근하게 다니는 거라고. 이런 이야기는 예전부터 많이 들어왔다. 내 거 사려면 얼마나 손이 떨리는지 아냐고, 살 수가 없다고. 그런 이야기를 들을 때마다 왜 저렇게 사나 했다. 그런데 역시 자기 일이 되어 봐야 아는 거였다. 내가 그런 전업주부가 될 줄이야.

전업주부들은 궁상이라고, 그들을 한심하다고 생각하던 예전의 나는 참 파릇파릇했다. 내 경험이 얼마나 한정적인지 모른 채 세상에 대해 다 알고 있다고 자만하던 파릇파릇한 재수 없음이 있던 시절, 그때의 난 전업주부가 된 친구나 지인들을 보면 답답했다. 왜 스스로 집에 틀어박히는지, 자신의 인생을 왜 남편에게 맡겨 버리는지 이해가 되지 않았다. 사람의 삶이라는 게 타인에게 이해나 인정을 받아야 할 필요가 없다는 걸, 다들 말하지 않는 각자의 사정이 있다는 걸 그때는 몰랐다. 전업주부가 된 친구 이야기가 친구들 사이에서 나오면 나는 대놓고 인생 편하게 산다고 말했다. 벌어오는 돈으로 살림만 하면 되는데 뭐가 힘드냐고, 배가 불렀다면서 말이다.

지금 와서 생각해 보면 도대체 무슨 정신머리로 그런 말을 했는지 이해가 안 가지만,(그때는 내가 돈 때문에 힘든 상황이라 마음이 꼬여 있어 그따위로 말했던 것 같다.) 어쨌든 그때는 그게 진심이었다. 친구가 어떤 상황인지는 중요하지 않았고, 궁금하지도 않았다. 그저 마음에 들지 않았을 뿐이었다.

전업주부는 다른 사람에게 맞춰 줘야 한다는 인식도 있었다. 그래서 전업주부가 된 예전 직장 동료가 모임 이야기를 듣고 자기는 아이 때문에 저녁 시간은 안 되고 낮에만 된다고, 낮에 보면 안 되냐 했을 때 짜증을 낸 적도 있었다. 꼴랑 그거 하룻저녁을 못 나와서 저러나, 자기 사정 때문에 왜 시간을 바꿔야 하나 어이가 없었다. 왜 시간을 못 빼냐 짜증을 누르고 예의상 한 번 물어보았지만, 대답이 궁금한 건 아니었다. 몇 마디로 이해될 상황도 아니고, 이해할 마음도 없었다.

전업주부에 대해 좋지 않게 생각한 건 친구나 지인들에게만 그런 건 아니다. 그냥 전업주부라고 칭해지는 일군의 사람들을 보면 답답했다. 그들이 카페나, 아니, 어디에든 모여 있는 모습을 보면 못마땅했다. 당장에라도 입에서 나올 것 같은 쯧쯧 소리를 입속에 담고서 그들을 바라보았다.

그랬던 나이기에 '그 시선'에 대해 너무도 잘 알고 있었다. 몇 년 전, 아이 엄마들끼리 모여 책을 읽는 모임이 삼 주년이 되어 기념으로 한잔하자는 말이 나왔다. 저녁에는 시간이 안 되니 그냥 낮술이라도 간단하게 한잔하자고 했다. 낮술, 취약한 종목이기는 하지만 사정들이 그러하니 어느 식당에서 만날지 고민하기 시작했다. 그런데 어느 식당이 맛있고, 술도 팔고, 일찍 여는지가 문제가 아니었다. 누군가 목소리를 낮추며 말했다.

"아이 엄마들이 식당에서 낮술 먹으면 안 좋게 쳐

엄마가
술 마시는 게 어때서

다봐요. 그냥 쳐다보는 것뿐만 아니라 시비 거는 사람도 있대요. 제 친구가 얼마 전에……"

멤버 친구가 겪은 일을 들으면서 다들 한숨을 쉬었다. 결국 남들 눈치 때문에 식당에서는 마시기 힘들거 같다는 결론이 났다. 예전의 나처럼 그런 시선으로 남을 쏘아보지 않았더라도 다들 너무 잘 알고 있는 시선이었다. 아이를 키우는 전업주부가 되면서 많이들 눈총받아 보았기 때문이었다. 삼 주년이라고 신났다가 한잔하자는 말에 더 신났던 사람들이 시무룩해졌다. 그래서 우물쭈물하는 사람들에게 그냥 우리 집에서 마시자고 제안했다.

집에서 보니 편했다. 집의 청결 상태 때문에 신경이 좀 쓰이기는 했지만 남들 신경은 안 써도 되어서 좋았다. 페퍼로니 피자 한 판, 매운 떡볶이 큰 걸로 하나, 식탁에 올려놓고 함께 둘러앉아 캔맥주 하나씩 들고 마시니 바깥에서 마시지 않아도 충분히 괜찮았다. 그래도 한편으로는 누군지도 모르는 사람들 눈치를 보느라 이렇게까지 해야 하나 자조 섞인 웃음도 나왔다.

그저 전업주부라는 이유만으로 남들에게 공격을 당할까 싶어 미리 방어를 한 게 어이가 없기도 했다.

전업주부가 공격을 받는 가장 큰 이유가 뭘까. 내 생각으로는 돈이다. 돈 벌지 않는 자, 쓰지도 말라. 이건 남들의 생각이기 전에 많은 전업주부들이 스스로에게 품는 생각이기도 하다. 그래서 돈 사정이 좋든 나쁘든 상관없이 대부분의 전업주부들은 자신에게 돈을 쓰는 것에 죄책감을 느낀다. 내가 번 돈도 아닌데 써도 되나 하는 의구심이 계속 자신을 괴롭힌다. 그러다 보니 옷 한 벌을 사도 예전이면 척척 샀을 금액의 옷은 쳐다도 못 보고, 자꾸 얼마 입지도 못하고 목이 늘어날 싼 옷만 사게 된다. 그마저도 남편에게 산 가격을 조금이라도 낮춰 말한다. 살아가는 데 꼭 필요한 게 아니라 텀블러처럼 부가적인 물건이라면 고민은 더 늘어난다. 이런 게 정아은 작가의 『당신이 집에서 논다는 거짓말』에 나오는 "주부들의 생활 깊숙이 도사린 '자본주의 사회에서 제 손으로 돈을 벌지 못하는 이가 느끼게 되는 설움'"이겠지.

언급한 책 제목처럼 전업주부를 표현하는 말 중에 '집에서 논다'는 말을 자주 쓰는데, 그 말을 들으면 기분이 묘해진다. 집에서 논다고 하면 보통 백수를 떠올리는데, 그러면 백수와 전업주부는 동급인 건가. 집에서 뒹굴거리면서 놀고먹는 백수, 내 꿈이었는데 나는 꿈을 이룬 거였나. 하지만 안타깝게도, 실제 전업주부는 놀고먹지 못하고 계속 무언가를 한다. 그저 사람들이 '논다'라고 표현하며 무언가를 하든 말든 관심이 없을 뿐.

경제 활동을 하지 않는 집단은 사회에서 목소리를 내기 어려울 수밖에 없다. 상대적으로 돈을 조금 버는 사람들의 목소리도 묻히는 사회인데, 하물며 땡전 한 푼 벌지 않는 전업주부들이야. 자본주의란 그런 것이지. 사람들은 발언권이 낮은 집단의 이야기를 별로 궁금해하지 않는다. 어쩌다 보니 궁금해하지 않았던 삶 속으로 들어와 살고 있어 자연스레 알게 되었을 뿐, 나 역시도 예전에는 전업주부들의 삶 따위 관심도 없지 않았는가.

　사람들은 다양한 이유로 전업주부가 되지만 나의 경우에는 평범했다. 나를 대신해 아이를 봐줄 사람이 없었고, 남에게는 맡기고 싶지 않아 남편과 함께하던 사업을 정리하기로 했다. 남편은 회사로 돌아갔고, 나는 집에서 아이를 돌봤다.

　처음에는 막연히 일 년 정도만 붙어서 돌보면 그 뒤는 알아서 클 줄 알았는데 웬걸, 아이는 돌 이후부터 자주 아팠고, 나는 꼼짝없이 아픈 아이를 돌보며 몇 년을 보내야 했다. 남편이 옆에 있었다면 좀 달랐을까. 아쉽게도 그 당시 남편은 해외를 떠돌고 있었고, 그러는 동안 나는 집안을 맴돌았다.

　아이가 좀 더 큰 이후의 사정은 더 평범하다. 젊은 인재들도 취업이 안 되는 시대, 아예 원서도 낼 수 없는 연령 제한, 풀타임으로 일할 수 없는 사정, 무엇보다 경력 단절. 그로 인한 자존감 하락, 점점 더 돈을 쓰면 안 된다는 압박감, 결국은 내가 싫어하던 후줄근한 아줌마로 변신 완료. 너무 전형적인 경우다.

몇 년에 한 번씩 지인들과 연락을 하는 경우가 있다. 어떻게 지내냐고 상대방이 물어보면 내 대답은 한결같다.

"맨날 똑같아. 애 키우고 살림하고 살지 뭐."

상대방의 대답도 비슷하다.

"나도 맨날 똑같아. 회사 다니고 살지 뭐."

항상 비슷한 삶을 반복하고 있는 건 대부분의 사람들이 겪는 일이다. 그런데 근황 토크에서 왜 나는 남모를 부끄러움을 안고 말하는 걸까. 마치 애 키우고 살림하고 사는 게 정말 집에서 노는, 백수의 삶인 것처럼 말이다.

맞벌이를 하다가 회사를 그만두게 된 친구 하나는 스스로를 '집에서 논다'고 표현한다. 정작 하루 종일 아이들 돌보고 집안일 하느라 '놀' 시간은 하나도 가지지 못하면서 말이다. 언제까지 전업주부들은 스스로를 깎아내리며 살아야 할까.

통장에 꽂히는 건 땡전 한 푼 없지만 가사노동의 가

치를 따져 보면 월 얼마씩은 버는 거라고, 그러니 전업주부들에게도 사회적 관심을 가지고 마음을 열어 달라는 이야기를 하려는 건 아니다. 다만, 내가 따가운 눈빛을 쏘아대던 십 년도 더 된 예전보다는 지금의 사회가 좀 더 성숙해야 하지 않나 싶다.(그런데 오히려 그사이 맘충이라는 혐오를 담은 단어가 히트(?)하면서 더 낯선 눈빛들이 추가됐다. 어느 집단이나 이상한 사람들은 있다. 그러나 그 사람들 때문에 전체 엄마들, 전업주부들을 언제나 진상을 부릴 준비가 된 집단으로 바라보지 않았으면 좋겠다.)

그래도 다행인 건 삶의 다양성에 대한 화두가 많이 회자되고 있는 요즘 분위기다. 참 바람직한 변화가 아닌가 싶다. 그 다양성에 전업주부도 살짝 넣어 주기를. '전업주부' 안에도 참 다양한 삶들이 있다는 걸 알아만 주기를. 사람들이 한 집단으로 묶인다고 해서 모두 같은 결의 인생을 살아가는 건 아니니 말이다. 그리고 그 다양한 삶들은 모두 각자의 것일 뿐이고, 우리의 시선은 쓰잘머리 없는 오지랖이라는 걸 인정

하기를, 나를 비롯한 많은 사람들이 잊지 않기를 바
란다.

17

입다이어터의 숙적,
술

"다이어트 이틀째 밤,
작심삼일이라는 말의 위대함에 대해 생각했다."

왜 그랬을까 후회해도 어쩔 수 없다. 이미 나는 거실 한쪽에 놓여 있던 체중계에 올라가 버렸다. 예상에서 꽤 벗어난 숫자였지만 놀라지는 않는다. 어제도, 그제도, 그끄제도 술과 안주를 마음껏 먹어댄 사람으로서 최소한의 염치는 있으니까.

사람마다 자기 몸무게에 대한 적정선이라 느끼는 숫자가 있고, 그 적정선의 바운더리가 있다. 그런데 또 그 바운더리를 넘어 버렸다. 한 번씩 정신을 잃은 것처럼 마시고 먹다 보면 이렇게 몸무게가 쑥 올라가 버린다는 걸 알면서도, 저지르고야 말았다.

이럴 때면 어쩔 수 없이 싫어하는 단어를 입에 올리게 된다. 다이어트, 그걸 해야겠다. 언제부터? 글쎄, 하기는 해야겠는데 그걸 모르겠다. 다이어트를 하려면 준비해야 하는 게 있으니까. 바로 마음 준비. 하지만 그게 어디 쉽게 되는 건가.

요즘에는 먹방을 보면 대리만족이 된다고, 그래서

다이어트 마음먹는 게 한결 쉽다는 사람도 있던데 난 그런 이야기를 들으면 그 사람 머릿속을 뜯어보고 싶다. 어떻게 그게 만족이 되지. 나는 먹방은커녕 드라마에서 짜장면 먹는 장면만 봐도 짜장면을 먹어야 한다. 아니, 드라마는 양반이지. 만화책에서 피자 그림만 봐도 피자를 시켜야 한다.

이 정도면 먹방에 대리만족을 느끼는 사람 말고 내 머릿속을 뜯어봐야 하나.

"맛있겠다……"

큰일이다. 체중계에서 내려온 지 얼마나 됐다고, 그만 드라마에서 주꾸미볶음에 소주 먹는 장면을 봐 버렸다. 어쩔. 그래도 괜찮다. 난 아직 마음 준비를 하기 전이니까. 어쩌면 마지막으로 맘껏 먹고 나면 다이어트가 좀 절실해질지도 몰랐다. 나는 곧장 주꾸미볶음을 주문한 뒤 냉장고에서 소주를 꺼냈다. 그래도 괜찮냐고? 괜찮다. 아직은 다이어트를 시작한 게 아니지 않은가.

그렇게 최후의 만찬을 제대로 즐겨 줘서인가 생각보다 빠르게, 며칠 지나지 않은 월요일 아침에 드디어 다이어트를 시작해 보자 마음이 들었다. 곧장 다이어트 앱을 깔아 먹은 음식들을 열심히 기록했다. 내가 먹은 칼로리를 확인하니 입으로 들어가는 것에 긴장감이 생겼다. 통밀 90% 식빵과 쌀 모양 곤약이 들어간 곤약밥같이 포만감은 주고 칼로리는 낮은 음식들로 식단도 바꿨다. 그 정도만 해도 벌써 효과가 미세하게나마 보이는 것 같았다. 여기에서 며칠만 더 하면 몸무게 숫자가 조금은 달라질 것 같은 느낌이 왔다.

하지만 뭔가 불안한 느낌도 함께 왔다.

안타깝게도, 다이어트 기간에도 나는 드라마를 보고 만화를 봤다. 그리고 모두 짐작하겠지만 최후의 만찬 효과는 보지 못했다. 다이어트 이틀째, 내가 보는 드라마에서 주인공이 족발을 시켜 소주와 먹었고, 아이가 틀어놓아 강제 시청 당한 만화에서는 등장인물이 컵라면을 먹었다. 그래도 그때는 바로 음식 배달 앱을 누르지 않았다. 그러나 꾹꾹 눌러 참는 내가 대

견스러우면서도 이게 얼마나 갈까 의심이 됐다. 의심은 슬프게도 매번 적중하던데. 다이어트 이틀째 밤, 작심삼일이라는 말의 위대함에 대해 생각했다.

그리고 다이어트 사흘째, 몸에 알림을 설정해 놓은 것처럼 시간별로 족발이, 컵라면이 자꾸만 떠오른다. 핸드폰을 괜히 만지작거리면서 배달 앱을 힐끔 쳐다봤다. 누르지는 않았다. 하지만 시간이 점점 저녁으로 달릴수록 의지가 습자지처럼 얇아졌다. 음식 생각에 다른 일이 손에 잡히지 않았다.

"못 참아! 아니, 안 참아!"

결국 오후 다섯 시, 식욕에 무너져 내린 나는 전날부터 뇌리에 꽂혀 있던 족발을 시키고야 말았다.

윤기가 좔좔 흐르는 족발과 이슬이 맺힌 시원한 소주. 나는 그 앞에 경건히 앉아 마음을 새로이 세팅했다. 다 먹고 살자고 하는 짓 아닌가. 살 조금 빼서 무슨 부귀영화를 보겠다고 내가 이 좋은 걸 참고 살아야 하는가. 먹자! 설레는 마음을 누르고 소주 한 잔마다 경건하게 상추에 족발, 마늘, 무채까지 야무지게 싼

쌈을 준비해 입에 넣기 시작했다. 너무 급하게 먹으면 소주도, 안주도 생각보다 많이 먹지 못한다. 천천히, 그러나 하나도 놓치지 않으며 참 열심히도 먹었다. 그런데 왜 술을 마시면 포만감은 이리도 쉽게 사라지는 걸까. 혼자 족발 반은 가까이 털어 넣은 것 같은데도 이 허전함은 뭘까. 그리고 아무리 안주와 소주를 먹어도 왜 꼭 맥주가 생각날까. 습관인가? 습관이면 따라 줘야지. 나는 냉장고로 가 맥주캔을 꺼내 온다.

그러나 습관은 맥주에서 끝나는 게 아니었다. 밤 열두 시가 넘어간 시간, 분명 몇 시간을 먹어 댔는데 배님의 상태가 요상하다. 허전하고, 불편하다 말씀하신다. 배님의 말씀을 잘 들어야 밤사이에도, 다음 날에도 무사할 수 있다. 그래, 배님의 말씀을 받들어 뭐라도 먹어야겠다. 이럴 때 번뜩 생각나는, 전날 만화에서 보았던 컵라면. 먹는 것에 관해서는 잊지도 않는다. 새벽에 컵라면을 뜯어 삼 분만에 순삭했지만, 괜찮다. 내일 단식하면 그뿐이다. 오, 단식이라니. 마음먹은 것만으로도 무언가 멋진 단어다.

다음 날, 나는 정말 아침을 건너뛰었다. 단식……. 때문은 아니고 새벽에 굳이 먹었던 컵라면이 효과를 보지 못했다. 밤사이 괴롭던 속이 아침에도 여전히 요동쳤다. 밥 생각이 1도 나지 않았다. 이대로면 덕분에 단식할 수도 있겠다 싶어 괴로운 한편으로 잠시 기뻤다. 그러나 물과 커피를 들이켜고 화장실을 몇 번 다녀오니 꽉 막혀 있던 속이 확 풀렸다. 이렇게 순식간에 풀린 속은 꼭 순식간에 미친 듯이 허기를 느낀다고 신호를 보내온다. 단식은 무슨……. 해장 타임이다.

해장 음식은 언제나 고민할 것 없이 탄수화물, 그중에서도 면류다. 면 중독자인 나는 술을 마신 다음 날에는 면을 먹어야 한다. 평양냉면, 쌀국수, 짬뽕, 떠오르는 음식은 많지만 배달을 시키고 기다릴 시간이 없다. 라면 물을 올리고 무와 파를 잔뜩 썰어 넣는다. 열시간 전에 컵라면 먹은 인간 맞나. 하지만 컵라면과 달리 지금 이 라면은 요리다. 칼을 쓰지 않았던가.

온갖 것들이 들어가 풍성한, 김이 모락모락 피어오르는 라면이 담긴 그릇 앞에 앉으면 어제의 나도, 오늘의 나도 모두 용서가 된다. 이렇게 속이 풀리는 걸, 단식 따위 고양이나 줘 버려.(아, 아니다. 우리 집 둘째 콩이는 끼니 시간이 조금만 늦어도 자기가 늑대인 양 하울링을 해 댄다.) 라면 한 사발을 드링킹하고 나니 속이 든든하다. 아이와 남편 점심밥은 멀쩡한 걸로 차려 주고 나서 꾸벅꾸벅 졸다 드러누웠다. 낮잠을 쾌청하게 자고 일어나서야 퍼뜩 생각이 났다.

맞다, 나 지금 다이어트 중이었는데.

왜 자꾸 깜박깜박하는 건가. 요새는 나 같은 사람을 '입다이어터'라고 한단다. 어쩜 이런 말을 만들어 냈을까. 세상에는 대단한 센스쟁이들이 너무나 많다. 입다이어터라니, 다이어트를 입으로 하는 것 같이 털어 대는 내게 정말 찰떡같은 말이다.

사실 평소에도 나는 입다이어터답게 지인들과 밥을 먹을 때마다 습관처럼 나 다이어트 중인데 혹은 나 다이어트 해야 하는데라고 한다. 사람들은 안 빼도 되는데 뭔 다이어트냐고 하고, 나는 아니라고 손사래를 친다. 그러면서 다이어트가 내 일이 아닌 경우에는 다르게 입을 놀린다. 사람마다 다른 몸을 가진 거라고, 몸을 재단하고 획일화하려는 시선을 바꿔야 하는 거라고 말이다.

다이어트를 욕망하고 있지만, 그렇다고 사회에서 환영받는 마른 몸이 되고 싶은 건 아니다. 그저 내 몸이 가볍다고 느끼는 몸무게로 돌아가고 싶을 뿐이다. 내가 빼려는 몸무게는 몇 kg이 안 되어서 제대로 다이어트를 하는 사람이라면 금방 뺄 수 있다. 나도 금방은 아니지만 간혹 어떻게 어떻게 빼기도 한다. 하지만 매번 작심삼일 루틴에 따라 다시 원하지 않는 몸무게로 돌아가고 만다. 자꾸 지금 몸무게로 돌아오는 걸 보면 내 생활 패턴에는 지금의 몸무게가 맞는 걸 텐데, 그래서 자꾸 몸이 돌아가는 걸 텐데, 인정하고 싶지가 않아 입으로라도 자꾸 다이어트를 외치나 보다.

그러나 최근 이런 나를 멈칫하게 하는 말이 있다.

"엄마 다이어트해?"

이번에는 진짜 본격적으로 해 보겠다며 저녁 대신 먹으려고 산 단백질 쉐이크 통을 보고 아이가 물어보

앉다. 통에는 큼지막하게 '다이어트 어쩌고'라고 쓰여 있었다. 아이 질문에 정색하고 아니라고 대답했다. 삐쩍 마른 여자가 다이어트해야 한다고 밥을 안 먹는 이야기가 아무렇지 않게 나오는 드라마들을 아이도 곧 보게 될 텐데, 앉아 있는 여자 연예인의 배가 살짝 접혔다고 기사가 나오고 거기에 반응이 폭발하는 꼴도 곧 보게 될 텐데, 나까지 동참하고 싶지는 않았다.

때마침 다이어트 중인 남편의 행보가 반갑다. 다이어트하는 건 아빠라고 아이에게 말해 주고 나의 다이어트는 계속 비밀로 했다. 사실 정말 그게 맞다. 술도 과식도 참고 꾸준히 운동하는 것, 남편이 하는 게 다이어트지, 삼 일마다 제자리로 돌아오는 내가 하는 건 다이어트라고 말하기 어려우니 말이다.

오늘도 마음의 반은 다이어트에, 반은 술에 걸치고, 여자의 다이어트에 대한 비판과 욕망을 안고 고뇌에 휩싸이는 하루를 보낸다. 오늘은 다시 다이어트 이튿날이다.(사흘째가 궁금하다고? 앞 페이지로 돌아가 "그리고 다이어트 사흘째"로 시작하는 문단부터 읽어 보시길.)

18

여름날 저녁이면
야외에서 튀맥을 하고 싶다

"라거는 그렇게 완벽이라는 라떼 포장을 입고
앞전히 앉아 있다."

"나 오늘 저녁으로 이거 먹을래"

그날따라 평소 식탐이 없는 아이답지 않게 단호했다. 산처럼 쌓여 있는 튀김과 커다란 떡볶이 판이 그 앞을 지나던 아이를 제대로 유혹했나 보다. 그곳은 우리가 종종 튀김과 떡볶이를 포장해 오던 분식집이었다. 그럼 집에 가서 밥이랑 같이 반찬으로 먹자 했더니 이번에도 단호하게 말했다.

"아니, 오늘은 여기에서 먹고 갈래."

앗싸, 한 끼 이렇게 해결하나. 되도록 영양소를 골고루 챙겨 먹이려 하는지라 이렇게 분식만 먹는 게 걱정되면서도 신이 나는 건 왜인가. 한 끼 정도는 뭐 괜찮잖아, 헤헷. 본심을 숨기려고 괜히 큰맘 먹고 네 뜻대로 해 준다는 식으로 말하고 가게 문을 열고 들어갔다. 그리고 가게 안을 제대로 보고서는 깜짝 놀랐다.

그전에는 항상 튀김과 떡볶이가 펼쳐진 상가 복도 쪽에서 주문하고 포장해 와서 내부를 제대로 본 적이 없었는데, 그냥 분식집이 아니었다. 그곳은 생맥주 기계가 있고, 외부에 야외 테이블이 놓인 엄연한 술집이었다.

　나에게는 술집에 대한 로망이 하나 있다. 낮의 더위가 사그라들기 시작하는 여름날 저녁, 야외 테이블에 앉아 차가운 생맥주 마시기. 여기에는 디테일이 중요하다. 튀김과 떡볶이를 팔 것. 야외는 테라스가 아닌 길일 것. 두꺼운 천막으로 안과 밖이 분리된 포장마차는 아닐 것.

　예전에 좋아하던, 그러나 이제는 없어진 술집이 딱 그랬다. 주인은 쉴 새 없이 튀김을 튀기며 떡볶이 판을 휘젓고, 손님들은 길에 펼쳐진 야외 테이블 앞에 앉아 술을 마시고, 직원들은 안주들을 능숙하게 나르고, 행인들은 그 광경을 보느라 잠시 멈추었다가 그대로 손님으로 합류하게 되는, 그런 마력이 있는 집이었다. 그렇다. 그 집 때문에, 이제는 가지 못하는 그 집 때문에 생긴 로망이다.

　아이와 분식집인 줄 알고 술집에 들어선 그날, 내

가 시선을 빼앗긴 곳은 차양이 쳐진 바깥 테이블 쪽이었다. 아이 엄마들 서넛이 튀김과 떡볶이, 꼬마김밥을 앞에 놓고 생맥주를 시원하게 들이켜고 있었다. 아이들은 끝이 막혀 사람들 왕래가 별로 없는 길을 놀이터 삼아 신나게 놀다가 엄마들이 부르면 달려와 한 입씩 먹고는 했다. 엄마들도, 아이들도 모두 환하게 웃고 있었고, 여름날만이 지니는 발랄한 어둠이 살짝, 금요일 저녁 길거리에 드리워져 있었다. 소소한 행복이라는 단어가 장면으로 표현된다면 저런 모습일까. 한 번씩 터지는 웃음소리를 들으니 그들 옆에 앉아 함께 웃고 싶은 충동이 들었다.

"엄마, 엄마!"

"어엉?"

"엄마, 나 떡볶이랑 오징어 튀김. 오징어 튀김 많~이. 아, 꼬마김밥도 먹고 싶어"

정신 못 차리고 밖을 바라보고 있는 에미를 붙잡고 아이는 빨리 시키자고 재촉했다. 주문하고 잠시 멍하니 자리에 앉아 음식을 기다리고 있자니, 이제는 내 로망이었던 그 집을 가기 전 꼭 1차로 들르곤 했던 다른 단골집이 떠올랐다.

그 집은 주택가의 후미진 골목을 한참 가야 나오던 이자카야였다. 옆으로 문을 드르륵 열고 들어서면 일본에 있는 선술집에 와 있는 것 같은 기분이 들었다. 일본에서 요리사로 오래 일하다 온 주인아저씨는 참치초밥을 끝내주게 만들었다. 참치회를 전문으로 하는 집에서 먹어 본 것보다 맛있었다. 술 한 잔에 초밥 한 입을 곁들이면 입안에 감도는 달큰하면서도 담백한 맛이 다음 술잔을 절로 불러들였다. 거기 갔다가 길거리 튀맥 가능 술집을 2차로 가면 정말 찰떡이었는데, 그때를 떠올리니 절로 입맛이 다셔졌다.

"엄마 음식 나왔나 봐!"

옆에서 쫑알거리는 존재가 혼자 추억에 젖어 있던 나를 퍼뜩 현실로 불러들였다. 주문한 오징어 튀김과 떡볶이, 꼬마김밥이 나왔다. 그러나 음식들을 아이가 먹기 좋게 자르면서도 머릿속 나는 자꾸 딴생각으로 파고들었다. 한번 뻗치기 시작한 생각의 가닥이 계속 나의 단골집들을 소환했다.

이번에는 한옥집의 대문을 열고 들어서면 마당 한 편에 커다란 가마솥 한가득 국을 끓이고 있는, 해장국 냄새가 먼저 손님을 맞이하던 주점이다. 깊은 마당을 지나 낮은 처마에 옹기종기 붙은 방들 중 하나로 들어 가면 시간의 흐름이 멈춘 것처럼 방에서 나오지 않고 먹고 마셨다. 어제 가 본 것처럼 또렷이 떠오르는 광 경들과 장면들에 잠시 취하는 듯했다. 그러다 줄줄이 비엔나처럼 스타일이 전혀 달랐던 다른 단골집들도 생각났다.

미래지향적이랄까, 자유분방한 인테리어가 인상적 이었던 일렉트로닉 스타일의 음악을 틀어 주던 뮤직 바도, 벽에 붙어 있는 커다란 스피커들에서 나오는 노 래에 맞춰 손님들이 떼창을 부르던 주점과 바의 어디 쯤의 분위기였던 LP바도 내가 좋아하던 곳들이었다. 그들 중 어딘가 구석에 박혀서 아무런 생각 없이 음악 을 듣고 싶어졌다. 그러나 현실은 이곳, 술집인 걸 알 았으나 착하게 앉아서 음식만을 먹고 있는 여기다.

음식을 열심히 해치우고 있는 아이에게 나의 추억을 나눠 주고 싶지만 아직 꼬마김밥도 잘라 먹어야 하는 꼬꼬마에게는 무리였다. 잠깐 생각해 본 것만으로도 당장 달려가고 싶어져 가슴이 두근거리는 단골집 생각은 그만하고 아이가 다 먹어 버리기 전에 나도 피치를 올려 먹기로 했다. 하지만 나도 모르게 자꾸 맥주를 마시고 있는 옆자리 사람들을 흘긋흘긋 쳐다보고 있다. 그래도 오늘은 이 분식집의 진짜 정체를 알아낸 걸로 만족하고, 본격 술집으로의 탐방은 다음을 기약하기로 마음먹었다.

그다음이 며칠 내로 금방 올 줄 알았다. 어디 멀리 있는 곳도 아니고, 바로 집 앞에 있는 곳이니 남편이나 친구나 누구 하나 꼬셔서 여름이 가기 전에 한 번 가는 게 뭐 큰일일까 싶었다. 하지만 상황은 매번 내 생각과 다르게 흘러갔고, 나는 늦여름이 될 때까지 그 집에 가지 못했다. 이러다 여름 다 지나가는 것 아닌가 마음이 동동하던 어느 날, 상가를 지나다 분식집, 아니 술집 문에 붙여진 종이에 쓰여 있는 글을 발

견했다.

임대문의 010-XXX-XXXX

이렇게 또 한 곳이 가는 건가. 내가 정체를 알아챈 지 한 계절도 채 지나지 않았는데, 맥주 한잔해 보기도 전에 이렇게 사라지다니. 로망의 출발지였던 그곳처럼 사라졌다니. 참으로 안타까웠다. 알고 보면 나, 파괴지왕인가.

생각해 보니 내가 사랑하던 단골집들은 전부 문을 닫았다! 참치초밥이 끝내주던 이자카야도, 해장국 냄새가 가득했던 한옥 주점도, 뮤직바도, LP바도 이제 모두 기억 속에만 남아 있다. 이제는 맘에 드는 술집이 생기면 안 좋아하는 척 마음을 멀리 해야 하나. 그러면 살아남아 있어 주려나.

기억 속의 단골집들은 완벽하다.

열고 들어가는 문도, 반겨 주는 주인의 목소리도, 가게의 분위기를 좌우하는 인테리어도, 틀어 놓은 음악도, 술도, 안주들도, 가격도, 심지어 테이블의 위치와 곁에 앉은 손님들도. 그리고 나와 함께 온 사람들과 그 시간들, 지금과는 다른 그때의 나도 모두 그러하다.

한 번에 떠올려지는 그 모든 게 통째로, 그대로 완벽하게 좋다. 과거는 그렇게 완벽이라는 과대 포장을 입고 얌전히 앉아 있다. 사실이 아니어도 상관없다. 이런 모든 과정을 거쳐 완성되는 것의 이름이 추억이니까.

집 앞의 분식집, 아니, 정체는 술집이었던 그곳도 시간이 지나면 조금은 완벽 쪽으로 남을지도 모른다. 비록 그곳에서 술 한 모금 먹은 적은 없지만 내가 옆에 가서 앉고 싶던, 여름 저녁 어둠이 살짝 깔린 거리, 차양 아래 놓인 야외 테이블에서 맥주를 마시던 엄마들과 아이들의 모습이 영화 속 한 장면처럼 내 머릿속에 찰칵 찍혀 있으니까.

원래 로망에 덧대어진 새로운 로망의 탄생. 이제 또다시 새로운 로망에 도전할 다른 집을 찾을 차례다. 그런 집을 찾는다면 이번에는 마음이 앞서나가지 않

게 조심조심, 안 좋아하는 척하면서 조용히 살짝만 좋
아해야겠다.

19

감기, 겨울밤,
소주, 코로나

"그러면 남편은 말하겠지.
 소주에 고춧가루 타서 먹으면 나아.
 그래, 정말 그러면 좋겠다."

- 이 글은 코로나가 한창일 때의 이야기입니다. -

오늘로 열흘째다. 뭐 하자는 겐가. 사람들은 갱신되는 코로나 확진자 수에 뜨악하고, 정부는 달라지는 정책을 발표하고 또 발표하는 동안 나는 겨울 감기를 열흘째 앓고 있다.

요즘엔 감기 앓는 것도 조심스럽다. 감기 나흘째, 두 번째 진료를 보러 병원에 갔으나 거부당했다. 약은 처방해 줄 테니 코로나 검사를 해 보라고 했다. 그러게, 열은 나지 않아 생각을 못 했다. 역시 확진자 수가 늘어나니 코로나 선별 진료소 분위기가 사뭇 달라졌다. 두 시간은 넘게 대기해야 하는 곳들이 많았다. 다행히 검사 결과는 음성이었다. 코로나 음성 나온 게 벼슬이라도 된 양, 의기양양하게 병원으로 향했다. 저, 검사했는데 음성이래요. 자신감 넘치는 목소리로 진료를 요구했다. 자자 그러니 어서 나의 타들어 가는 목과 노란 코가 넘쳐나는 콧속을 봐 주시오.

　이번 열흘은 음식이 열량을 만들어 내는 인간의 에너지원이라는 걸 몸소 각인한 시간이었다. 비실비실 맥을 못 추고 마냥 쓰러져 있다가도 밥을 먹으면 기운이 솟았다. 호랑이 기운까지는 아니고 고양이 기운 정도. 그런데 유효 시간이 짧아서 간식을 자주 먹어 댔다. 평소에는 안 먹던 과일들을 종류별로 꺼내 입에 넣었다. 살겠다고 아주 몸부림을 쳤다. 덕분에 얼결의 금주도 열흘째 이어가는 중이다. 감기 걸리기 전날, 올해 막판의 건강 검진을 받고 왔었다. 약간의 역류성 식도염이 있으니 일주일 정도 약을 먹으라 처방받았다. 그때 속으로 하나도 안 아픈데, 그냥 술 마셔야지 했는데 이렇게 감기 덕분에 술 안 마시고 일주일치 약을 꼬박꼬박 다 먹었다.

　며칠에 한 번, 집에서 입고 있던 옷에 겨우 패딩만 껴입고 병원을 다녀오는 것 외에는 바깥출입은커녕 창문 밖도 내다보지 않고 살았다. 그러는 동안에도 아이의 방학은 진행 중이었고, 아픈 엄마 때문에 바깥나들이 한번 못 하는 아이는 온 집안을 헤집어 놓고 다녔다. 기운이 없어 허리도 못 펴고 비실비실 유령처럼 걸어 다니는 나를 아이는 안쓰럽게 쳐다보았다.

그러던 어느 날, 함박눈이 내렸다. 어마했다, 고 한다. 신이 난 아이는 아빠를 졸라 눈썰매를 끌고 나갔다. 나는 그제야 창문 밖을 슬쩍 내다보았다. 한참을 밖에서 놀다 들어온 아이는 눈이 얼마나 많이 쌓였는지 그래서 어떻게 놀았는지 쫑알거렸고, 남편은 눈이 얼마나 잘 뭉쳐지는지, 사람들이 얼마나 많이 나왔는지 말했다. 인스타그램에는 사람들이 올린 눈 사진과 영상이 가득했다. 눈 때문에 세상이 다 신나 하는 것 같았다. 그런데도 나는 별 느낌이 없었다. 그냥 나는 누워만 있고 싶었다.

그렇게 하도 자서 잠도 안 오지만 그렇다고 말똥하고는 거리가 먼 비실이 상태로 인스타그램을 보던 중, 아는 언니가 눈 내리는 영상을 올린 걸 보았다. 그때도 이 언니도 눈 영상 올렸네, 했을 뿐 별 감흥이 없었다. 그러나 영상에 언니가 적은 문장, "눈 옵니다. 술

잔을 드세요!"을 보는 순간, 아무런 욕구 없이 그저 살겠다는 본능에 따라 살아온 열흘의 내가 깨어났다.

코가 새빨개지는 추운 겨울밤, 어깨를 잔뜩 움츠리고 거리를 걷다가 따뜻한 노란색 조명이 그득한 술집에서 소주와 안주를 시켜 먹으며 몸을 노곤하게 녹이던 순간이 떠올랐다. 추운 거리에 눈이 내리면 왜인지는 모르겠지만 술맛이 더 배가가 된다. 겨울밤에는 추위와 노란 불빛, 소주와 따뜻한 안주가 잘 어울린다. 열흘 동안 한 번도 안 했던 '술 마시고 싶다'는 생각이 처음으로 떠올랐다.

이제는 겨울이 싫다고 맨날 말하고 다니는 주제에 '술'이라는 단어 하나 때문에 겨울에 대한 마음을 재고하고 있다. 이런 얄팍함은 이제는 못 하는 것에 대한 아쉬움, 미련 때문일 것이다. 그래서 겨울밤의 술집 회동은 낭만이라고, 지난 추억에 과대 포장을 한다.

그런데 실은 술이 아니라 안주가 먹고 싶은 거였을까. 갑자기 마늘, 고추와 함께 삶아낸 벌교 꼬막과 진한 국물맛이 끝내주는 멸치국수가 있는 술집이 그리

워졌다. 겨울이면 더 생각나는 그 집. 어느 시간대나 대기해야 하는 인기 많은 그곳은 이제 내게는 갈 수 없는 곳이 되어 버렸는데 말이다.

이제는 하루빨리 감기가 낫기만을 기다리고 있다. 오늘은 이렇게 키보드를 칠 정도로 상태가 많이 나아졌다. 그러니? 내일은 술을 마셔야지. 어떻게든 마셔야지. 하지만 겨울밤의 낭만 따위와 상관없이 나의 술상은 아침 점심 저녁 일 년 365일 앉아 먹는 식탁 위에 차려질 것이다.

좋은 생각이 났다. 감기가 나으면 겨울밤의 낭만을 위해 술을 마시기 전 추운 거리를 어깨를 움츠리고 걸어 다니는 것이다. 그러다 술집에 들어가는 대신 집에 들어와 거실에 노란 등만 켜 놓고 소주를 한 잔 따라 마시면서 노곤노곤해지는 것이다. 그러다 감기가 더 심해질 수도 있다. 그러면 남편은 말하겠지. 소주에 고춧가루 타서 먹으면 나아. 그래, 정말 그러면 좋겠다.

20

술 마시는 멤버들과
헤어졌다

"내가 술에 취해 한 행동을
다음 날 술 멤버이 이불킥하지 않아도 되는
그 편한 익숙함도 좋았다."

나에게는 오래된 술 모임이 있다. 처음에는 친했던 같은 단과대학 선후배들이 떼거지로 만나는 자리였다가 점차 시간이 지나면서 주기적으로 모이는 멤버들이 정해지게 된, 그러면서 내게 중요한 자리를 차지하게 된 모임이 말이다. 나뿐만 아니라 남편도 이 모임의 멤버인데, 흔히 예상하듯 둘 중 누군가를 따라 이 모임에 들어온 건 아니다. 우리가 대학교 CC이긴 했으나, 이 모임에 들어오게 된 건 둘 다 모임에 속한 사람들과 친한 사이였기 때문이었다.

하지만 남편은 멤버 중 다수가 자기 동기라는 것 때문에 매번 내가 자기네들 모임에 남편의 여자 친구로서 꼽사리 끼게 됐다고 주장한다. 모임의 초기 멤버로서 내 지분이 얼마나 큰데! 남편의 얄팍한 기억력 때문에 왜곡되는 진실, 언젠가 꼭 밝히고 말 것이다.

아무튼 이 모임은 자연스럽게 멤버들이 추려진 것처럼 만나는 날도 언젠가부터 한 달에 한 번, 금요일 퇴근 후에 만나 토요일 점심을 먹고 헤어지는 걸로 자연스레 정해졌는데, 우리는 그 일정 안에서 끈질기게 만나며 마시고 먹었다. 한 번씩 그렇게 술을 마시고 집에 돌아오면 숙취로 내내 쓰러져 있기는 했지만, 일상이 리프레시되는 기분이 들었다. 특히 매일 똑같은 쳇바퀴만을 돌리는, 그래서 건강해지는 게 아니라 바싹바싹 말라가는 것 같던 직장인 시절에는 평범한 하루들 중 유일하게 자유롭다고 느끼는 시간들이었다.

그건 모임의 사람들이 편하고 좋았기 때문이었을 거다. 단순히 술을 많이 마신다고 해서 그런 기분이 들지는 않았을 테니 말이다.

우리는 긴 시간 술을 마시며 주절주절 온갖 말들을 뱉었다. 그 말들에는 유익한 이야기도 있었지만, 쓸데없는 이야기도 있었다. 그래서 좋았다. 모일 때마다 골목골목 잘 알려지지 않은 맛집 기행을 다니는 것도 좋았고, 오랜 시간 만난 덕분에 내가 술에 취해 한 행동을 다음 날 일일이 이불킥하지 않아도 되는 그 편한 익숙함도 좋았다.

그렇게 가까운 사람들이었는데, 언젠가부터 만남이 뜸해지기 시작했다. 그건 나의 임신과 출산이라는 과정 때문이었다. 나는 술을 마실 수 없어서, 술을 마실 시간이 없어서 모임에 빠질 수밖에 없었고, 술과 멀어진 내 포지션 변화에 따라 남편도 모임에 점점 나가지 못하게 되었다. 전투 같았던 갓난아기 육아에서 조금 벗어난 뒤에야 우리는 다시 모임을 챙길 수 있었는데, 그때도 나는 술자리에 끼기는 무리여서 대신 남편을 아바타 삼아 모임에 보냈다.

"오늘 어땠어?"

남편이 모임에 갔다 돌아오면 나는 들어가 자고 싶어 하는 남편을 붙잡고 온갖 질문들을 쏟아냈다. 왜 이렇게 일찍 왔어? 오늘 달릴 분위기가 아니었어? 왜 이렇게 조금 마셨어? 그간 무슨 일들 있었대? 남편이 별로 안 취한 거 같으면 내가 제대로 못 논 것처럼 아쉬웠고, 답변이 시원찮으면 다음 날 모임 선배의 입을 통해 전후 사정을 들어야 속이 시원했다. 전화통을 붙잡고 까르르 웃으면서 한 번씩 당신이 그랬냐며, 남편

등짝을 때렸다. 그렇게라도 하면 나도 약간이나마 모임에 꼈던 것처럼 기분이 좋아졌다.

하나 그것도 잠시, 나는 점점 남편에게 질투가 나기 시작했다. 애랑 둘이 있어도 되겠냐고, 아직은 무리지 않겠냐고 하던 남편에게 괜찮다고, 사람들 좀 만나라며 등 떠밀어 나가게 한 주제에 마치 남편 때문에 모임에 가지 못한 것처럼 혼자 속상해했다.

그래서 한 번은 강요 반 성질 반으로 엄마만 찾는 꼬맹이를 남편에게 맡기고 모임에 나간 적이 있었다. 나는 오랜만에 사람들과 만난 게 너무 반가워 모임 내내 하이텐션을 유지했다. 하지만 다른 사람들은 그새 늙었는지, 아니면 그날 분위기가 그랬는지 동동 뜨는 나의 텐션과는 영 다른 모습이었다. 밤샘은 고사하고 열두 시도 안 되었는데 차 끊기기 전에 가겠다며 일어나려고 했다. 내가 어떻게 나왔는데! 일어서는 사람들을 기어이 붙잡아 앉혔다.

그날 이후로 모임에 나가지 않게 됐다. 멤버들의 태

도가 섭섭해서는 아니었다. 그날, 사람들 앞에서는 허공을 걷는 사람처럼 동동 떠 있었지만, 속으로는 집에 있는 아이가 계속 눈에 밟혔다. 잠잘 때나 안 잘 때나 엄마를 찾는 아이를 두고 근처도 아니고 서울의 숨겨진 찐 맛집을 찾아다니기란 어려운 일이었다. 그리고 나 말고는 아이가 없는 사람들 사이에서 자꾸 아이 이야기를 넋두리처럼 흘린 게 후회되었다. 내가 아이가 없던 때를 생각해 보면 고역이라면 고역일 이야기였을 테니 말이다. 아무리 편한 사이라고 해도 신경이 쓰였다.

또 내가 그들과 달라졌다는 걸 알게 된 것도 이유 중 하나였다. 그날 나는 근황 토크 말고는 멤버들의 대화에 끼어들기 어려웠다. 아기를 키우느라 정치 사회 관련 이슈는커녕 영화나 드라마 하나도 아는 게 없었다. 당시 내 관심사는 온통 아기인 데 반해, 멤버들은 아기를 낳기 전의 나처럼 육아는 관심 밖이었으며, 관심이 있다고 해도 나눌 수 있는 이야기가 한정적이었다. 그 모임에서 한 번도 느껴 보지 못한 이질감을 그때 느꼈다. 이제 내가 속한 곳은 이곳이 아니라 아이 엄마들 모임이구나 싶었다.

　그렇게 모임에 소원해진 지가 벌써 십 년이다. 이제는 아이도 좀 컸겠다, 관심사도 예전처럼 바깥으로 뻗치기 시작했겠다 슬슬 남편과 번갈아서라도 나가 볼까 했는데, 그때 또 하필 코로나 시국이 시작되어 그것도 없던 일이 되어 버렸다.

　아이는 어릴 적 한두 번 봤던 삼촌들과 이모들을 잘 기억하지 못한다. 지금 아이와 가까운 어른들은 아이 친구 엄마들이다. 내가 자주 연락하고 만나는 사람들도 그들이다. 그만큼 모임 멤버들은 지금의 내 삶에서 먼 존재들이 되었다. 하지만 그렇다고 해서 이대로 멀어지고 싶지는 않다.

　언제쯤 다시 나와 남편이 함께 모임에 나갈 수 있을까. 다시 멤버들을 내 삶으로 끌어당기고 싶은 마음에 한 번씩 남편과 예상 시나리오를 써 보고는 한다. 그때가 되면 다들 체력이 안 되어서 술을 못 마시는 건 아니겠지. 다행히 아직까지는 다들 애주가로 살아가고 있지만 벌써 오십 살이 넘은 멤버들도 많다. 큰일이다. 술 단련, 몸 단련, 잊지 말고 하고 있으라고 언질 해 둬야겠다. 언제가 될지 모르지만 언제가는 컴백하고야 만다.

21

커피나 마시자고,
장난하나

"그런데 굳이, 너랑, 커피를?
그러면 술은, 술은 대체 누구와 마시란 말인가."

내가 다니던 대학교 후문 앞 인도에는 여름만 되면 생기는 길바닥 주점들이 있었다. 박스 몇 개만 바닥에 붙여 깔면 뚝딱 생기는 그 주점들에는 언제나 손님들이 만원이었지만, 그 손님들을 헤치고 생기는 주점마다 아는 척을 하며 술을 마시던 녀석이 있었다. 그 술자리에 아는 사람이 있어도 그만, 없어도 그만이었다. 술만 있으면 오케이. 집에 갈 줄을 모르고 붙어 있던 녀석을 그만 가자고 잡아채다가 포기한 적이 한두 번이 아니었다. 그러던 녀석이 대학교를 졸업하고 몇 년 후 더 이상 술을 마시지 않겠다고 선언했다. 개가 똥을 끊지 말도 안 된다고 생각했다. 하지만 나의 예상을 빗나갔고, 녀석은 정말 술을 끊었다.

　그 녀석이 시작이었다. 회사에서 만난 내 소울메이트이자 술메이트는 알코올 도수 75.5도인 바카디가 기본으로 들어가는 독한 칵테일을 한 방에 쫙쫙 넘기던 친구였다. 이 친구도 몇 년 후부터 술을 마시지 않기 시작했다. 이뿐만이 아니다. 내가 술이 땡긴다고 연락할 때마다 나와 술을 마시던 친구도, 술 이야기만 나오면 눈이 반짝거리던 친구도, 은근히 나보다 자기가 술 더 잘 마신다고 보여 주고 싶어 하던 친구도, 커피 마시는 돈 아깝다고 술집이나 가자고 하던 친구도, 500cc 맥주잔에 소맥을 말아 원샷하던 친구도 술을 끊었다.

도대체 그들에게 무슨 일이 일어난 것인가. 십 년 정도의 시간 동안 지속적으로 내 술친구들은 앞에 '술'자를 지워 버리고 그냥 친구가 되었다. 그 시간에 그들은 일을 했고, 나이가 들었고, 이런저런 일을 겪었고, 결혼을 했고, 아이를 키웠다. 나도 그들과 별반 다르지 않게 살아왔다. 그런데 무엇이 그들과 나를 달라지게 만든 걸까.

친구들이 하나둘씩 탈脫술을 하던 초기에는 그다지 아쉽지 않았다. 그냥 어쩔 수 없지, 안 마시고 싶으면 안 마시는 거지 싶었다. 그때만 해도 내게는 열두 척,

아니, 열두 명은 넘는 술친구들이 포진해 있었으니 말이다. 학교 때 친구들 말고도 옮기는 회사마다 생기는 술친구들 덕에 술친구 걱정은 전혀 하지 않았다. 하지만 술과 헤어졌다는 고백이 나이가 들수록 밀려왔고, 슬슬 남은 술친구가 얼마 없다는 사실이 체감되기 시작했다.

오랜만에 연락해 술 마시자고 하면 요새는 술을 잘 마시지 않는다고, 커피나 마시자고 하는 친구들이 자꾸 늘어났다. 커피, 장난하나. 나도 술만큼이나 커피를 좋아한다. 그런데 굳이, 너랑, 커피를? 그러면 술은, 술은 대체 누구와 마시란 말인가.

친구들이 술을 마시지 않는다는 건 단순히 그들만의 문제가 아니었다. 나의 술자리는 누가 책임져 준단말인가. 술을 마시고 싶다고 말하는 내게 술집에 가자고, 같이 앉아 있어 주겠다고 하는 친구들도 있었다. 그따위 동정은 치워 버려! 술 마시지 않는 사람을 앞에 앉혀 두고 혼자 술을 풀 정도로 궁하지는 않다. 내가 원하는 건 내 앞에 앉아 함께 짠하며 내일이면 기억도 안 날 이야기들을 떠들어대는 사람이란 말이다. 그새 술 안 마시게 되었다고 술 마시는 사람의 마음도 다 까먹어 버린 이 배신자들을 어찌하면 좋을까.

술을 마시지 않게 된 이유에 극적인 이유는 거의 없었다. 몸이 급격히 안 좋아졌다거나 술을 마시고 안 좋은 일이 있었다거나 하는 것보다 그냥 자연스럽게 안 마시게 되었다는 게 대부분이었다. 술이 아니라 술자리를 좋아했다는 걸 깨달았다는 이유도 있었다. 아이 키우다 보니 정신없어 술이랑 멀어졌다는 이야기도 들었다. 어떤 이유는 이해가 되었고, 어떤 이유는 이해가 되지 않았다. 나의 이해가 필요한 부분이 아닌데도 나는 그들의 이유를 이해해 보려고 곰곰이 생각해 보았다.

그래, 좋게 좋게 생각해 보자. 나에게는 아직 술이 즐거움이지만 술을 끊은 친구들에게는 아니라는 걸 인정한다. 분위기에 휩쓸려 술을 마시던 시절을 벗어나 자신의 진짜 취향을 가려낸 거라는 것도 인정한다. 그런 면에서 한 발 나아간 거라고, 친구들이 그냥 나

이만 먹은 게 아니라 성장한 거라고 우쭈쭈할 마음도 있다. 그렇다 한들 야속한 이 마음이 변하지는 않겠지만 말이다.

그 친구들과 술자리에서 즐거웠던 순간들이 아직 나에게는 또렷하게 남아 있다. 그건 이십 년 전의 일이기도 하고, 불과 몇 년 전의 일이기도 하다. 내가 술을 마셔 온 세월 동안의 다양한 시간대에서 나와 함께 술을 마신 술친구들의 면면을 나는 기억한다. 온갖 감정의 롤러코스터를 함께했던 소중한 기억들을 나는 잊지 못한다. 그래서 내가 술을 끊은 친구들을 배신자라 부르며 땡깡을 부리고 있는 건지도 모르겠다.

연락처의 긴 목록을 뒤지고 뒤져 이제는 정말 얼마 남지 않은 술친구들에게 전화를 건다. 내 땡깡을, 내 근황 토크에서 빠지지 않는 음주 에피소드를 받아 줄 친구들이다. 그들 역시 나 못지않게 최근에 업데이트된 술 이야기가 많다. 이런 이야기가 아직 통하는 친구가 있다는 게 참 소중하다. 이야기 끝에는 언제 술 한잔해야지라는 대화가 빠지지 않는다. 아무리 집이 멀어도 기동력이 받쳐 주던 청춘들은 이제 같은 거리라도 큰마음을 먹어야 바닥에 붙은 엉덩이 한 번 뗄수 있는 나이가 되었다. 그래도 언젠가는 이 무거운 엉덩이를 떼고 제대로 술 마실 수 있는 친구가 있다는게 큰 위안이 된다.

　나이를 먹어 가면서 점점 술친구가 귀해지고, 그 술친구들과 가지는 술자리는 더 귀해진다. 그래서 얼마라도 남아 있는 나의 동족들, 술친구들에게 소원처럼 희망을 빌게 된다. 아직은 좀 더 나와 술자리를 가져주기를, 너나 나나 엉덩이가 무거워 자주는 힘들겠지만 그래도 길게, 예전만큼 굵지 않아도 되니 얇고 길게, 부디 길게 길게 가져 주기를, 빌어 본다.

22

아이는
자란다

"어떻게 저렇게 나랑 다를까,
어떻게 나한테 저런 애가 나왔을까 신기했다."

부모들은 대개 아이가 어른이 되고 난 이후에 대한 로망이 있다. 나에게도 있다. 드라마 「멜로가 체질」을 보다가 생긴 로망이다.

드라마에서 여자주인공이 해고된 날, 집으로 가 엄마 아빠와 술을 마시는 장면이 있었다. 힘든 날에 엄마 아빠를 찾는구나, 함께 술을 마시는구나. 인상적이었다. 내 아이도 힘들 때, 아니, 힘들 때뿐만 아니라 술을 마시고 싶을 때면 언제든 나를 편한 술친구로 찾으면 좋겠다 싶었다. 나도 드라마 속 엄마처럼 아이와 편하게 술을 마실 수 있는 엄마가 되고 싶었다.

하지만 이 로망이 이루어지려면 한 가지 조건이 있었다. 바로 아이가 커서 술을 마시는 사람이 되어야 한다는 것. 드라마를 보고 로망을 무럭무럭 키울 때만 해도 나는 나와 남편을 꼭 닮은 아이가 커서 술을 좋아하리라는 것에 일말의 의심도 없었다. 하지만 아이는 자랄수록 예상을 점차 벗어났다.

어렸을 때만 하더라도 나는 아이를 쉽게 짐작할 수 있었다. 나와 남편을 골고루 닮다 보니 아이가 다 표현하지 않은 마음도 알 수 있었고, 간혹 모르겠다 싶을 때는 남편에게 물어보면 시원한 대답이 나왔다. 아이는 엄마가 자기를 잘 이해한다고 좋아했다.

그러나 아이는 커갈수록 점점 남편과 나의 바운더리에서 벗어나기 시작했다. 아이가 자란다는 건 몸만 길쭉해지는 게 아니었다. 더 이상 아이의 마음을 예측할 수 없다는 게 낯설었다. 어떻게 저렇게 나랑 다를까, 어떻게 나한테 저런 애가 나왔을까 신기했다.

이런 기분은 최근 유행하는 MBTI 테스트를 하면서도 또 한 번 느꼈다. 얼마 전 남편이 MBTI 테스트를 해 봤다고 해서 그 결과를 보고 둘이 대화를 나누고 있었다. 설명이 아주 그냥 당신 그 자체일세, 하는 이야기를 옆에서 듣던 아이가 무슨 이야기인지 궁금해하길래 설명해 주었더니, 자기도 해 보고 싶다고 했다. 그래서 둘이 앉아 문항들을 읽어 나가면서 테스트를 시작했다.

아이와 함께 문항에 답을 체크하면서, 나는 자꾸 아이에게 딴지를 걸었다. 너 정말 이럴 때 그러냐고, 그럴 땐 이러지 않으냐고, 혹시 질문이 제대로 이해가 안 된 거 아니냐고 하며 자꾸만 내 '머릿속에 있는 아이'를 아이 앞에 들먹였다. 엄마의 딴지에 짜증이 날 만도 하건만, 아이는 그럴 때마다 차분하게 문항별로 자기가 느끼는 감정에 대해 설명해 주었다.

그렇게 체크한 MBTI 결과를 보니, 깜짝 놀랄 정도로 아이와 비슷했다. 그 타입의 사람들이 하는 행동과 그 이유에 대해 읽으면서 그동안 이해하지 못했던 아이의 모습이 조금이나마 이해가 되었다. MBTI가 육아에 도움이 될 줄은 상상도 못 했는데.

아이는 올해로 열 살, 십대가 되었다. 앞에 '십'이 붙는 게 이렇게 큰가. 요즘 부쩍 더 달라졌다. 얼마 전까지 항상 엄마와 손을 잡고 학원을 가고, 친구를 만나러 가던 아이는 이제 혼자 학원뿐 아니라 온 아파트, 심지어 옆 아파트 놀이터까지 돌아다닌다. 용돈을 들고 나가 친구와 뽑기를 하기도 하고, 편의점에서 과자나 아이스크림을 사 먹기도 한다. 집에 있다가도 친구들에게 전화가 오면 놀러 나간다고 통보하고 훌쩍 나가 버린다. 하도 동네를 돌아다니니 종종 아는 엄마들에게 목격 사진을 제보받기도 한다. 그리고 그렇게 신나게 노는 데도 집에 들어오는 게 아쉬운지 자꾸만 전화를 걸어 십 분만~, 십 분만~하며 귀가 시간을 늦춘다.

하루는 귀가 시간을 늦추고 늦추다 저녁 먹는 시간에 딱 맞춰 들어온 아이가 집에 들어서자마자 기어들어가는 목소리로 나를 부른 적이 있다.

"엄마~, 미안해."

"응? 뭐가?"

부엌에서 밥하던 나는 어리둥절해서 왜 그러냐고 물었다.

"나 친구들이랑 저녁 먹고 왔어."

응? 이게 무슨 소리지? 이 꼬마가 어디에서 밥을 먹고 왔다는 거지? 별안간 영문 모를 아이의 말에 무슨 소리냐고, 어디에서 무얼 먹은 거냐고 묻자 아이는 여전히 혼날까 눈치를 보며 조심스레 대답했다.

"친구들이랑 편의점에서 컵라면 사 먹었어."

컵라면을 사 먹었다고? 과자도, 음료수도 아니고 컵라면을? 갑자기 이렇게 변하기 있기? 복잡한 마음에 아이를 바라보고 있었더니 변명하는 것처럼 말을 늘어놓는다.

"친구들이 먹자고 해서 먹었는데⋯⋯. 친구들은 먹어본 적 있대! 그래서 어떻게 하는지 가르쳐 줬어. 말안 하고 먹어서 미안해. 엄마, 화났어?"

"아니, 화난 게 아니라 당황했어. 네가 밖에서 친구들이랑 컵라면을 먹었다니 갑자기 다 큰 애 같잖아. 신기하고 웃기기도 하다. 그런데 앞으로는 엄마한테 물어보고 먹어, 알았지?"

"응, 알았어. 다음부터는 꼭꼭 엄마한테 미리 말할게. 엄마 고마워! 엄마 사랑해!"

혼나지 않아 안심한 아이는 공손하게 대답하며 애교를 잔뜩 부리고는 자기 방으로 사라졌다.

집 밖에서도 안에서도, 내가 모르는 아이의 시간들이 기하급수적으로 늘어나고 있다. 그리고 내가 모르는 아이의 세상도 함께 넓어지고 있다. 작년까지만 해도 아이 친구는 물론이고 친구의 엄마까지 알았는데, 3학년이 된 후로는 아이와 함께 노는 친구들의 이름과 얼굴만 겨우 안다. 어릴 때부터 작년까지는 아이 친구와도 곧잘 놀아 줘서 아이들이 나를 만나면 반가워하고 장난도 치고 그랬는데, 올해 친해진 친구들은 나와 마주치면 어색해하며 인사만 뻘쭘하게 하고 가 버린다. 나와 좀만 놀아 보면 재미있다는 걸 알 텐데, 좀 아쉽기도 하고 이상한 기분이 드는 게 아직 적응이 안 된다.

　갑자기 몇 단계는 건너뛴 듯 자라난 아이는 앞으로 얼마나 달라질까. 곧 있으면 사춘기도 올 텐데. 지금도 아이는 나와 이야기하다가 조금만 서운해도 갑자기 울음을 터뜨리고, 아이의 마음을 짐작해서 이야기하면 아니라고 화를 벌컥 내기도 한다.

　"아니야, 아니란 말야! 엄만 아무것도 모르면서!"

그래그래, 그렇지. 내가 네 마음 모르지. 이해가 가면서도 덩달아 나도 감정이 널뛰기도 한다. 어떤 면에서는 더 아기 같아지기도, 어떤 면에서는 훌쩍 어른스러워지기도 한 아이를 보면서 이런 게 자라는 것인가 싶다.

예상할 수 없다는 걸 알면서도 한 번씩 남편과 아이가 어떻게 클지 상상하며 이야기를 나누고는 한다. 아이가 어떤 어른이 될지 서로의 예상을 맞춰 나가면서 그럼 그때 우린 어떤 부모가 되어야 할지도 의견을 나눈다. 기본 태도는 한 발짝 뒤로 물러서 있을 것, 그리고 엇나가지 않는 선에서 마음껏 놀게 놔두자고 했다. 노는 것도 마음껏, 연애도 마음껏 했으면 좋겠다고 입을 모았다.

그런데 별안간 갑자기 남편이 말을 바꿨다. 얼마 전에 가족 여행을 갔다가 남편과 연애할 당시 여행 갔다가 놀았던 곳에 들렀는데, 옛 생각에 이런저런 이야기를 하다 내가 아이에게 이런 말을 했다.

"너도 나중에 남자 친구랑 여행 가고 그럴 거야?"

　아이는 무슨 소리를 하는 거냐는 듯 뜨악한 표정으로 나를 바라보았다.

　"가도 돼. 남자 친구 사귀고 그러면 여행도 가고 그러는 거지."

　나는 웃으면서 이어 말했다. 그랬더니 남편이 정색하는 게 아닌가.

　"엄마 아빠한테 먼저 인사는 시켜야지. 그러고 여행을 가든가 말든가."

　응? 갑자기 무슨 소리. 예전에 우리가 말했던 거랑 다른데?

　"무슨 인사야 인사는. 우리는 뭐 우리 엄마 아빠한테 인사하고 여행 다녔냐? 갑자기 꼰대같이 왜 이래."

　"그래도 멀쩡한 놈인지는 확인을 해야지."

　노선 이렇게 갑자기 갈아타기 있기? 왜 이래. 연애할 때 우리 엄마 아빠한테 당신 보여 줬으면 멀쩡한 놈 아니라고 못 만나게 했을 텐데, 우리 눈이 얼마나 맞다고. 아이 눈을 믿어야지, 참나. 내가 옆에서 열변을 토해도 남편은 끄떡도 않았다. 막상 아이가 크고, 남자 친구 생길 나이가 먼 미래가 아니게 되니 마음이 바뀐 걸까. 나도 좀 더 지나면 마음이 바뀌려나.

그래도 아직은 아이가 부모 눈치 보지 말고 마음껏 놀았으면 좋겠다. 술을 무박 2일로도 마셔 보고, 친구들이랑 춤추러도 다녀 보고, 갑자기 훌쩍 여행을 떠나도 보고, 남자 친구랑 추억도 많이 만들어 보고, 나쁜 짓도 살짝 해 보면서, 하고 싶은 것 다 해 봤으면 좋겠다. 세상이 위험하다는 것 때문에 수시로 갈팡질팡하는 바람이기는 하지만 기본적으로는 그렇다.

하지만 이건 나의 바람일 뿐, 정작 아이가 어떤 걸 원할지는 모른다. 원래 아이들은 부모가 원하는 반대로 행동하기 마련이니까. 내가 놀라고 해도 아이가 정색하며 싫다고 할지도 모른다.

얼마 전에 물리학자 정재승 교수가 방송에서 이런 이야기를 했다. 사람에게는 '나'를 인지하는 뇌 영역이 있는데, 나와 가까운 관계일수록 나를 인지하는 영역에 가깝게 저장한다고 했다. 그래서 가까운 관계일수록 자신과 동일시해 통제를 하려고 하고, 안 되면 화를 낸다는 이야기였다.

그래서 가족 간에 더 별것 아닌 것에 화를 내고 그랬구나, 하는 생각이 들었다. 부모와 자식 사이에서 가장 경계해야 할 일이라고 생각했던 일이 뇌에서부터 일어나고 있었다니. 어떻게 해야 뇌 녀석을 정신 차리게 할 수 있을까. 정신 차려! 다른 사람이야, 동일시하지 마, 기대하지 마! 사람들이 아이 보고 내 미니미라고 말할 정도로 우리 외모가 똑 닮기는 했지만 그래도 우리는 엄연히 다른 인격체를 가진 타인이라는 걸 굳이 읊어 줘야 하나? 아니, 자꾸 읊어 줘야겠다. 나도, 아이도 요즘 서로 화내는 지점이 딱 이 부분인 걸 보면 말이다. 나부터 내 뇌를 잘 타이르면서 되뇌어야겠다.

그래서 하고 싶은 말이 뭐냐고? 아이와 술 마시는 내 로망은 이루어지지 않을 수 있다는 걸 염두에 두려고 한다. 아이가 술을 안 마시는 어른이 될 수도 있다. 술은 마셔도 엄마랑 술 안 마시고 싶을 수도 있다. 힘들 땐 친구지 무슨 엄마냐 할 수 있다. 여러 가지 경우의 수를 상상해 보면서 기대하지 말자고 다독인다. 그냥 깔끔하게 접으면 될 텐데, 그건 아직 마음의 준비가 안 되었나 보다. 조금의 여지는 남겨 두고 싶은 마음이랄까. 희망 정도의 바람은 괜찮잖아. 이게 어디야!

　이상하다. 분명 술 마시는 이야기를 쓰려고 했는데 쓰고 보니 온통 아이와 남편 이야기다. 가족만큼 중요한 건 없다는 말, 가족이 최고라는 말처럼 싫어하는 말이 없었다. 그랬던 내가 무얼 하든 가족을 떠나 생각할 수 없는 사람이 되었다. 소중하다는 말, 사랑한다는 말을 너무 숱하게 내뱉어 아이는 이제 내 사랑 고백에 어제도 말하지 않았냐며 심드렁하게 반응한다. 남편에게는 대놓고 사랑한다는 둥 그런 말은커녕 사랑 따위 평소에 생각조차 안 하는데 이게 무슨 일인가. 내가 쓴 글을 내가 읽고 놀랐다. 뭐야, 나 왜 이렇게 남편 사랑해.

　이렇게 너무나도 사랑하는 나의 가족들이지만 남편과 나는 아이가 어른이 되면 떨어져 각자 살기로 했다. 남편은 평생소원인 무인도 살기 하며 짱박히고, 나는 걸어서 십 분 내외에 술집이 즐비한 도시 한가운데에서 유유히, 아이는 알아서 원하는 곳에서 원하는 대로. 실은 아직 합의가 끝난 건 아니다. 아이는 아직 혼자 산다는 게 무얼 의미하는지 모르는지라 엄마 아빠랑 살 거라고 떼를 쓴다. 하지만 막상 어른이 되면 상황은 달라지겠지. 각자 따로 재미지게 살다가 한두 달에 한 번 정도 조인하여 술 마시는 우리를 상상해 본다. 그런데 만나서 다른 걸 해도 될 텐데, 굳이? 그래도 상상은 즐거우라고 하는 거니까. 난 술 마시면 즐거우니까.

뭐, 그건 나중의 일이고, 지금 아이는 열 살, 컸다고 해도 아직 엄마를 찾아대는 나이다. 그런 아이와 끊임없이 내 곁을 맴도는 두 고양이 덕분에 글 쓰는 일이 녹록지는 않았다. 무슨 부귀영화를 누리겠다고 내가 이러고 있나 싶었다. 아이는 한 문장 쓸 때마다 말을 걸고, 순이는 그것 좀 그만 두드리고 얼른 이리 와서 만지라고 수도 없이 화를 내고, 콩이는 자꾸 마우스를 공격해 방금 겨우 끄집어낸 문장을 지웠다. 금세 수북해지는 빨래와 바닥의 고양이 털을 보며 한 번 한숨 쉬고, 끼니와 간식 때마다 끊기는 흐름에 두 번 한숨 쉬면서 내가 왜 글을 쓰고 있는지 모를 때가 많았다. 그런데도 글을 쓰는 시간은 힘들면서도 행복하고 소중했다.

한 번씩 글 쓰는 흐름을 끊어먹기는 했지만, 아이

는 나름 엄마가 글 쓴다고 많이 배려해 주었다. 관심도 내 주변 모든 사람을 제치고 가장 많다. 벌써 다음 책을 궁금해한다. 지금 쓰는 글이 술 마시는 이야기라고 하니 자기는 읽을 수 없을 것 같나 보다. 그러니 다음 책은 자기가 읽을 수 있는 어린이 책을 써달라고 한다. 딸아, 미안하지만 그건 들어줄 수가 없구나. 엄마 머릿속에 그런 순수하거나 아름다운 이야기는 없단다.

엄마가 술 마시는 게 어때서

초판 1쇄 인쇄 | 2022년 6월 15일
초판 1쇄 발행 | 2022년 6월 28일

지은이 유이경 | **편집장** 강제능 | **담당편집** 김현석 | **디자인** 이승은
일러스트 김잼 | **마케팅** 안수현, 이가연 | **펴낸이** 이민섭 | **펴낸곳** 텍스트칼로리
발행처 뭉클스토리 | **출판등록** 2017년 4월 14일 제 2017-000022호
주소 서울특별시 영등포구 선유로27, 1212호 | **전화** 02-2039-6530
이메일 mooncle@moonclestory.com | **홈페이지** www.moonclestory.com

텍스트칼로리는 여러분의 소중한 원고를 기다리고 있습니다.

ISBN 979-11-88969-46-3 (03810)

※ 잘못된 책은 구입하신 서점에서 바꾸어 드립니다.